ベリーズ文庫

エリート国際弁護士に愛されてますが、身ごもるわけにはいきません

蓮美ちま

STARTS
スターツ出版株式会社

目次

エリート国際弁護士に愛されてますが、身ごもるわけにはいきません

エリート国際弁護士に愛されてますが、身ごもるわけにはいきません

プロローグ

「瑠衣《るい》、こっちを見て」

国際弁護士という硬派でどこか禁欲的な印象をもつ肩書きとは違い、あからさまな情欲を孕《はら》んだ瞳で見つめられ、瑠衣は羞恥に震えた。

普段の彼はスリーピースのスーツを隙なく着こなし、落ち着いた雰囲気と怜悧《れいり》な眼差しで職務にあたっているはずなのに。

今自分が見ている彼、夫である高城大和《たかぎやまと》は、鍛えられた逞《たくま》しく硬質な素肌を晒《さら》し、熱っぽい視線を惜しみなくこちらに浴びせながら、そっと大きな手のひらで頬を撫でてくる。

「大和、さん……」

ふたりで大の字に寝転んでも十分に余るほど大きなベッドに組み敷かれ、明かりはカーテンの隙間から差し込む月明かりのみ。

それでも目が慣れてしまって、今夫がどんな顔をして自分を見下ろしているのかがありありとわかる。

洗いざらしの癖のない長めの前髪が片目にかかり、それを鬱陶《うっとう》しそうに手で掻《か》き上げる様がなんとも色っぽく映った。

入籍して二ヶ月。ふたりでいくつもの夜を過ごしてきた。

夜毎身体を重ね、互いに愛情をもっての結婚ではなかったはずなのに、初めから彼は優しかった。

「辛かったら必ず言って」

毎回そう言われるが、辛かったことなど一度もない。

痛みを与えないよう丁寧に触れ、丹念に解《ほぐ》され、こちらがはずかしくなるほど丁重に扱われているのがわかる。

それほど大切に抱かれると、まるで愛されているかのような気分になってしまう。

この結婚は父のため。事務所の未来のため。

だからこの行為も、跡継ぎをつくるためだけにしているはずなのに。

頬を撫でていた手がゆっくりと身体を辿《たど》り、瑠衣の膝を抱えるように差し込まれた。

「あ……っ」

そのままゆっくりと大和の熱が埋め込まれ、瑠衣は快感に身を捩《よじ》る。

「あ、は……っ」

嬉しさとも苦しさともつかない声が漏れ、のけぞった喉元を痛いほどに吸われた。

「だ、め……」

「大丈夫、痕《あと》はつけない」

大和の言葉に安堵《あんど》すればいいはずなのに、少しだけ寂しく感じる自分は酷く矛盾している。

それを見ないふりをして彼の大きな背中に縋《すが》りつくと、大和は包み込むように抱き返してくれた。

触れ合う素肌が心地よいと瑠衣が感じるように、彼も感じてくれたらいいと思う。

「瑠衣、可愛い」

蕩《とろ》けるように甘い声音を聞きながら、徐々に速まっていく律動に揺さぶられ、必死にしがみついた。

快感に乱れた髪を撫でられ、小さく微笑《ほほえ》んだ彼に唇を奪われる。

深く口づけられたまま、瑠衣は今夜何度目かの愉悦《ゆえつ》を極め、それに煽《あお》られた大和もまた、なんの隔たりもないまま瑠衣の中で爆《は》ぜた。

（お父さんのためにも、こうして抱いてくれる大和さんのためにも、早く跡継ぎをつくらないと。そのために結婚したんだから……）

そう思ってはいても、彼に惹《ひ》かれていく心は抑えきれず、愛されたいと願ってしまう。

もしかしたら、愛されているのではと夢を見てしまう。

瑠衣は心の中の葛藤《かっとう》を押し殺しながら、今は抱きしめてくれる大和のぬくもりに縋ろうと、彼の胸元に頬を寄せて目を閉じた。

1. 跡継ぎのための懐妊契約婚

時は四ヶ月ほど前に遡《さかのぼ》る。

「娘と結婚して、事務所を継いでくれないか」

瑠衣の父である如月英利《きさらぎひでとし》がそう言い出したのは、気象庁から梅雨入りが発表された一週間ほどあとのことだった。

早番の仕事を終え、午後六時には帰宅していた瑠衣が、母の依子《よりこ》とともにキッチンに立っていたところに、英利から『高城くんを連れて帰る』と連絡があった。

父が部下を食事に招くのはよくあることなので慌てはしないが、瑠衣はなんとなくそわそわと落ち着かなくなる。

法律事務所を経営している父と専業主婦の母、ひとり娘の瑠衣、そして客としてやってくる父の部下、高城大和の四人分の食事が出来上がった頃、玄関の扉が開く音がした。

ふたりを出迎え、ウォールナット無垢材《むくざい》の大きなダイニングテーブルで和やかに食事を終えたあと、話があると改まって切り出した父の言葉を聞き、瑠衣は驚きのあまり固まった。

（なんて言った？　結婚？　誰と誰が……？）

英利は目を見開く娘を視界に入れながらも、問いかけは瑠衣でなく大和に向けられている。

「どういうことでしょう？」

隣から発された、静かだがよく響く低音の声に動揺の色が滲《にじ》んでいる。彼もまた初耳なのだろうと知れた。

瑠衣は斜め前の席に座る父から、隣の大和に視線を移した。

染めていないダークブラウンの髪は艶《つや》やかで、形のいい額に斜めにかかっている。シャープな眉に切れ長の大きな目、スッと通った鼻筋に薄い唇と、各パーツすべてが整っていて、まさに容姿端麗《ようしたんれい》と評するに相応《ふさわ》しい。

無愛想ではないけれど、騒がしさとは無縁な彼は、まさに理知的な弁護士そのものといった雰囲気だ。

「高城くんが瑠衣と結婚して、僕のあとを継いでもらうのはどうだろうと考えているんだ。瑠衣とも知らない仲ではないし、ふたりが一緒になって、将来はその子供が事務所を継いでいってくれたら嬉しいと」

「お、お父さん!?」

父の突拍子もない提案に、思わず大きな声が出た。

たしかに彼とはこの家で何度も顔を合わせてはいるけれど、だからといって結婚を決められるほどよく知っているわけではない。

大和は英利が瑠衣の祖父にあたる英雄《ひでお》から受け継いだ『如月法律事務所《きさらぎほうりつじむしょ》』で働く弁護士で、英利は彼が大学生の頃から目をかけていた。

彼は大学二年の頃に予備試験をパスし、三年生の夏に司法試験を受けて一発合格。

その年の冬に行われた如月法律事務所のインターンシップでは、弱冠二十一歳という若さながら、参加者の誰よりも優秀だったらしい。

大学卒業後は司法修習を受け弁護士資格を取得すると、そのまま如月法律事務所へ就職。

二十六歳の頃に所内の留学制度を利用し、アメリカのカリフォルニア州へ渡った。

ロサンゼルスのロースクールで一年学び、現地の弁護士資格を取得して、さらに一年間働いたのち帰国。

今では三十一歳ながら、国際弁護士として多くの案件を抱える如月法律事務所のパートナー弁護士となった。

それほど優秀なのだから、英利が目をかけているのもわかるし、事務所を継いでほしいというのも頷《うなず》ける。

如月法律事務所は、日本五大法律事務所と呼ばれる大手事務所に迫るほど大きな規模となり、英利や大和が在籍する東京《とうきょう》以外にも、大阪《おおさか》、名古屋《なごや》、福岡《ふくおか》、そして上海《シャンハイ》、シンガポールにもオフィスを構えている。

生半可な人材には任せられないという考えなのだろう。

だからといって、自分との結婚を持ち出すのはいかがなものだろうか。

父を窘《たしな》めようと瑠衣が身を乗り出したのを目で制し、英利がゆっくりと話し出した。

「先月、健康診断を受けただろう。その時に引っかかった再検査の結果が事務所に届いたんだ」

「え、待って。なにか病気が……？」

それで急に結婚だ跡継ぎだと言い出したのだろうかと、瑠衣は血の気が引いた。

父は多忙だったが、いつだって家族を大切にしてくれる。

出張などで長期間家を空けることもあるが、子供の頃は予定が合えば運動会にも授業参観にも参加していた。

今でも早く帰宅できる日は家族みんなで食卓を囲み、その日あった出来事を話すなど、コミュニケーションを取っている。

娘の瑠衣に対してはもちろん、妻である依子にも愛情表現は惜しまず、客観的に見てもかなり仲のいい夫婦であり、家族なのだ。

「うん、昨日病院で聞いてきた。突発性拡張型心筋症《とっぱつせいかくちょうがたしんきんしょう》というらしい」

耳慣れない病名に、ぞわりと鳥肌が立つ。

英利の話では突発性拡張型心筋症というのは、心臓の筋肉の収縮する機能が低下し、左心室が拡張してしまう病気で、厚生労働省が指定する難病らしい。動悸《どうき》や呼吸困難などの症状に始まり、心機能の低下が進むと浮腫《ふしゅ》や不整脈が現れ、急死の原因ともなり得る。

原因などは明らかになっておらず、六十代の男性に発症する人が多いと医師は説明していたそうだ。

「なにか自覚症状はあるんですか?」

呆然とする瑠衣に代わり、心配げに眉を寄せた大和が尋ねると、英利は首を横に振った。

「いや、まったくないんだよ。健診で引っかかって判明したんだ。今後は薬で治療したり、運動制限が出されたりするようでね。健診を受けた病院からも、循環器や心臓血管外科なんかが専門の病院にかかった方がいいと説明された」

「お父さん……」

「瑠衣、そんな顔をしないで。なにもすぐにどうこうなるわけじゃない」

「本当？　大丈夫なの？」

難病と聞けば、自《おの》ずと〝余命〟という言葉が頭をよぎる。

「あぁ。今のところ心不全や不整脈の症状も出ていないし、普通に生活して問題ないそうだ。いくつか病院を紹介してもらったから、今後のことはそこの先生と相談するよ。とはいえ、僕ももうすぐ六十になる。病気が見つかったこの機会に、身の振り方を考えておくべきだと思ってね」

以前は拡張型心筋症と診断されれば余命宣告をされていたようだが、現在は心臓移植以外にも内科的治療、つまり薬剤治療が目覚ましく発展しているらしい。

そう説明され、バクバクと嫌な音を立てていた心臓が少しだけ落ち着いた。

病気についてひと通り話し終えた英利は隣に座る依子と目を合わせ頷くと、正面の大和に視線を戻した。

「高城くん。僕はね、近々現役を退こうと思っている」

「先生」

「君までそんな顔をしないでくれ。発想の転換だよ。厄介な病気になったと嘆くより、妻とゆっくり過ごす時間ができたと考えた方が有意義だ。そこで、できるだけ早く事務所の後継者を決めておきたい。そう考えた時、一番に頭に浮かんだのは君の顔だった」

真剣な眼差しで話す英利は、父親ではなく弁護士の顔をしていて、瑠衣は申し訳ない気持ちで顔を伏せた。

祖父から継いだ如月法律事務所は、本来ならばひとり娘である瑠衣が継ぐのが望ましかったに違いない。

けれど、瑠衣は弁護士にはならなかった。他にもっとやりたい仕事があったからだ。

「とは言っても、今すぐにというわけではないよ。君たち優秀なスタッフのおかげで、ここまで大きな事務所に育ったんだ。それを束ねるのは並大抵のことではない」

「はい」

「引き継ぎは二年くらいを目処にと考えているけど、所長を引き継いだあとも顧問か相談役といった形でできる限りサポートはするつもりだ。それに、もちろんこれは強制ではないよ。事務所を継ぐのも娘との結婚も、断ったからといって君の今後になにか不利益もない。孫の顔が見たいという僕のエゴも含まれているしね。ただ、僕の希望を伝えておきたかったんだ」

そう言った英利は、ひとつ大きく息を吐いた。

「瑠衣」

名前を呼ばれて顔を上げると、いつもの優しい父親の顔になっていた。

「驚かせて悪かった。だけどあまり大げさにして心配をかけたくなかったし、娘はできれば信頼できる人間に託したいと思ってね」

「だからって……」

父の言い分を理解できても、はいそうですかと納得するわけにはいかない。

それに、いくらすぐにどうこうなるわけではないと聞かされたところで、父が難病を患ったというショックが大きくて、なにも考えられそうにない。

「お母さんは知ってたの？」

「病気のことは精密検査の結果が送られてきた時に聞いていたけど、瑠衣の結婚とか事務所の後継者については、昨日一緒に病院へ行ったあとに話を聞いたの。驚いたけど、昔から知ってる高城さんなら私も安心だわ」

反論しようとした瑠衣の言葉を遮《さえぎ》るように、大和が立ち上がった。

「先生、お話はわかりました。瑠衣さんとふたりで話をしてからお返事をしても？」

「えっ？」

すぐに断るだろうと思っていた瑠衣は、声を上げて隣の大和を見上げた。

「もちろんだ。よく考えてからでいい」

「では、少しの時間、瑠衣さんをお借りします。遅くならないうちに送り届けますので」

「わかった。よろしく頼むよ」

瑠衣が口を挟む間もなく、あれよあれよと両親に見送られ、大和とふたりで近くの緑地公園へやってきた。

梅雨入りしたとは思えないほど連日晴れの日が続き、今日も日中は二十五度を超える夏日だったが、夜は日差しがない分気温はさほど高くない。

しかし湿度は高く、じめっとした空気が肌にまとわりつくようで快適とは言い難い。

ゆっくりとした足取りで歩く大和は、公園に着くまでひと言も話さなかった。

もしかしたら、断り文句を考えているのかもしれない。

事務所のトップである所長から、突然〝娘と結婚して跡継ぎをもうけてほしい〟と言われ、困惑しないはずがない。

けれど病気をカミングアウトした上司相手に即座に断れず、こうして瑠衣と話して時間を稼ごうとしているのではないか。

（それに、こんなにカッコいい高城さんなら、恋人がいるに決まってる……）

瑠衣の少し前を歩く大和は、身長差から考えてゆうに百八十センチはあるだろう。細身のスーツをモデルのように着こなしている彼は、驚くほど腰の位置が高く脚が長い。

抜群の容姿に国際弁護士という輝かしい職業、三十一歳で独身となれば、周りの女性たちが放っておくはずがない。

一方の瑠衣はといえば、女性の平均身長である百五十八センチはあるものの、母親譲りの大きな黒目に白い肌、マシュマロのようなほっぺで、今年で二十五歳になるが昔から年相応に見られたことがない。

よく小動物っぽいと評される顔立ちは、笑顔になるとえくぼができ、一層幼く見える。

童顔だと自覚はあるため、一時期は無理して大人っぽいヘアメイクやファッションを試してみたが、どれも友人から不評の嵐だった。今は諦めて清潔感のある控えめなメイクと、オレンジブラウンのセミロングという無難なチョイスに落ち着いた。

そんな自分が、大和と釣り合うわけがない。

瑠衣は公園の噴水広場の前で足を止め、大和に声を掛けた。

「父の言ったことは気にしないでください」

きっと大和からは断るきっかけをつくるのは難しいだろうと思い、先回りして自ら口火を切った。

「あ、病気のことじゃなくて、結婚の話です。きっとなにも聞かされずに今日うちにいらしたんですよね？　すみません、父が突拍子もない事を」

そう言いながら、瑠衣は父の話を思い返していた。

（お父さん、やっぱり事務所は自分の子供や孫に託したいって考えてたんだ……）

瑠衣と大和の間にできた子供が事務所を継いでくれたら嬉しいという英利の希望を初めて直接聞いて、瑠衣は複雑な気持ちになった。

祖父の代から続く弁護士事務所は英利の手腕でかなり大きくなり、誰もがひとり娘である瑠衣が弁護士になって事務所を継ぐだろうと考えていた。

しかし、瑠衣は小学生の頃に家族で旅行した際に泊まったホテルの気遣い溢《あふ》れる細やかなもてなしに感動し、将来はホテルマンになりたいと幼いながらに夢を持つようになった。

英利はそれを一度として反対せず、両親揃《そろ》って瑠衣の夢を応援してくれた。

今さらながらに英利の事務所の後継に対する思いを聞き、自分へ弁護士になるよう強要しなかった父の優しさに感謝する気持ちと、期待を裏切ってしまったのではないかという罪悪感がせめぎ合う。

「お父さん、本当は私に弁護士になってほしかったのかな」

ぽつりと零《こぼ》してしまった小さな呟《つぶや》きは、人気のない夜の公園では思いの外大きく聞こえた。

先を歩いていた大和が振り返り、じっとこちらを見つめている。

「あっ、すみません。なんでもないです」

居たたまれなくなり、慌てて首を振った。今さらそんなことを言ったところで、なにかが解決するわけではない。

瑠衣が発言を後悔していると、大和が長い脚で二歩踏み出し、こちらに歩み寄ってきた。

「そういうことではないと思う。先生は大事な娘である君が好きな道を選んで満足しているはずだ」

瑠衣は驚きに目を瞠《みは》る。

まさかそんなふうに言ってもらえるとは思っていなかった。

「……そうでしょうか」

「ああ。ただ事務所の今後を考えた時に、自分が父親から受け継いだバトンを、次の世代に託したいと思ったんだろう。自然な考え方だし、だからといって君が自分の選択を後悔する必要もない」

きっぱりと言い切る大和の言葉に、少し心が軽くなったのがわかる。

「ありがとうございます」

瑠衣が小さく微笑んでお礼を言うと、大和も目を細めて頷いてくれた。

久しぶりに見たその穏やかな表情に、ドキンと鼓動が跳ねる。

「あ、それで、本題なんですけど」

たどたどしくなりそうな自分を心の中で叱責《しっせき》し、改めて表情を引きしめる。

父の病気が発覚したからといって、大和を巻き込むわけにはいかないのだ。

「父には私から話します。きっと高城さんからは言いづらいですよね。なので、本当に今日のことは――」

「結婚しよう」

「……え？」

たっぷり五秒は待って聞き返す。

「俺と結婚しよう」

聞こえなかったと勘違いしたのか、もう一度同じ言葉を繰り返され、瑠衣はパニックになる。

「高城さん、なに言って……え？　本気ですか？」

「もちろんだ。先生には大きな恩がある。俺を選んでくれたのなら、安心して治療に専念してもらうためにも、彼の望みを叶えたい」

今日は一体何度驚けばいいのだろう。大きな黒い瞳が転がり落ちんばかりに目を見開き、ハッと我に返って髪が乱れるのも気にせずにブンブンと首を振った。

瑠衣は脳内がこんがらがりそうになりながらも、必死に大和の説得にかかる。

「いやいやいや、待ってください。いくら恩があるからって、結婚ですよ？」

「そう慌てなくてもわかってるよ」

大和は瑠衣の様子にクスッと笑みを零すが、笑い事ではない。

「わかってないですよ。あ、もしかして事務所を継ぎたいとかですか？　それなら結婚しなくても」

「いや、事務所を継いでほしいなんて初めて聞いたし、俺もまったくそんな気はなかった」

「だったらどうして……。だってこの結婚は、事務所の後継者を……」

続きを言葉にできずに口籠《ごも》る。

（跡継ぎのための結婚。いくら大きな法律事務所が手に入るからって、好きでもない私と子供をつくらないといけないのに）

子供をつくるとは、身体を重ねるということ。果たして恩義のためだけに、そんな結婚を決めていいのだろうか。

「うん。先生がこの結婚に対して、きっと俺の次にあとを継ぐ存在を求めているのもわかってる。だからこそ、君がいいと思ったんだ」

「それは、どういう……」

大和の言いたいことがわからず、瑠衣は首をかしげた。

すると彼は近くにあったベンチに瑠衣を座らせると、自動販売機で冷たいお茶を二本買い、一本をこちらに差し出してから自らも隣に腰を下ろした。

瑠衣は礼を言って受け取り、キャップを開けて中身をひと口飲む。

蒸し暑さと驚きの連続で喉が渇いていたらしく、そのまま三分の一ほど飲んだところで、大和に話の続きを促した。

「先生も言っていたけど、知らない仲じゃないし、互いの素性もわかってるだろう？」

「そ、そうですけど。ちゃんとお話ししたのは数えるほどしかないですよね？　さすがに跡継ぎのために結婚だなんて非現実的というか、突拍子もなさすぎです」

「それも先生らしい。初めて会った時もそうだった」

そう話し出した大和は、開いた両膝に肘《ひじ》を乗せ、前傾姿勢で前を見ながら続けた。

「外部講師として高校に講義をしにきていた先生が俺にこう言ったんだ。『無意味に時間を無駄にするくらいなら、暇つぶしに司法試験でも受けてみたらどうだい』ってね」

「お父さん……相変わらずなんて突拍子もない……」

『発想の転換こそ、物事をうまく運ぶ秘訣だ』とは父の口癖で、瑠衣は幼い頃から何度も聞いてきた。

勉強がうまく捗《はかど》らない時は『たまには学校を休んで遊びに行こう』と、本人も仕事そっちのけで平日の朝から遊園地へ連れて行ったり、幼い顔立ちを悩んでいると『その分中身が大人になるように』と、休日の公園でゲートボールをするお年寄りの集まりに参加させ、落ち着いた立ち居振る舞いを学ばせたり。

彼が妻の依子とケンカした時には、謝るよりも笑わせようとの計らいで、突如オムライスを作り始め、ケチャップで『よっぴーだいすき』と、普段呼んだこともないニックネームを書いていた。

結果、瑠衣は気分転換になってテストの点が上がったり、見た目よりも中身が大事なのだと吹っ切れたり、母は呆《あき》れて怒るのをやめてしまったりと、いい方向に向かうのだが。

法曹界では名の知れた弁護士である英利は、瑠衣にとっては奇抜なことを言い出す人にしか思えず、頭を抱えた。

そんな瑠衣をよそに、大和は話し続ける。

「俺も三十を超えて、結婚しないのかと聞かれることが多くなったし、まだまだ既婚者の方が信頼を得られる風潮もある。君はお父さんを安心させてあげられるし、俺にもメリットはある」

「メリット……」

身も蓋もない言い方に、瑠衣の胸がチクンと痛んだ。

「この結婚話が突飛な提案だと理解はしてる。でも先生が大病を患って引退を考えているのなら、なおさら力になりたい。君と結婚して事務所を継いで、子供を抱かせてあげることで先生が安心できるのなら」

そこで言葉を止めた大和が、ふとこちらに向き直る。

視線が絡み合い、鼓動が徐々に速さを増していく。

「先生が知らないだけで、恋人がいたりする？」

「い、いいえ。今はいないです。むしろ高城さんの方が」

「俺もいないよ。そうじゃなきゃ、こうして君に結婚を申し込んだりしない」

真摯な眼差しに射竦《すく》められ、瑠衣の頬がみるみるうちに赤くなる。

それでも視線を逸らせずに見つめ合ったままでいると、大和の長い指が熱くなった頬に触れてきた。

「俺が結婚相手では不満かな」

「まさか！　逆ですよ。高城さんこそ、恩とかメリットとか、父の病気を心配してもらえるのはありがたいですけど、本当に私なんかでいいんですか？」

事務所のあとを継ぐのも、結婚も、子供をつくるのも、すべて自分の人生を賭けた一生の問題だ。

すぐに答えを出して後悔するなんてことになったら、取り返しがつかない。

そう伝えたけれど、彼の決意は揺らがなかった。

「もちろん。君さえよければ」

（私は、この結婚をどう思ってる……？）

まさか大和が受け入れるとは思っていなかったから、自分がどうかなんて考えていなかった。

現在瑠衣に恋人はおらず、気になっている男性もいない。

結婚願望が強いわけではなく、いずれ相手がいればするだろうと漠然と思っていた程度で、おとぎ話や少女漫画のような大恋愛に夢を持っているわけではない。

だからといって、愛のない結婚を許容できるだろうか。

大和は瑠衣に恋愛感情から結婚を申し込んでいるのではなく、恩人からの頼みを聞いたに過ぎない。

事務所を継ぐのに所長の娘と結婚し、跡継ぎをもうけてほしいだなんて、捉えようによっては政略結婚のようなもの。時代と逆行している気さえする。

互いに愛はないけれど、大和はそれを受け入れた。

それならば、目の前の彼と結婚して跡継ぎをもうけることが、自分を自由にさせてくれた両親への恩返しになるのではないか。

父は大丈夫だと言っていたけれど、心臓の病気なんていつなにが起こるかわからない。『孫の顔が見たい』という希望を叶えてあげるには、この結婚はうってつけだ。

（私がこの結婚を承諾すれば、お父さんは安心できるよね。孫を抱かせてあげたいし、ずっとずっと長生きしてほしい……）

指定難病だと聞いたばかりで不安だらけだが、事務所の後継者問題が解決し、ひとり娘の嫁ぎ先も決まれば安堵するに違いない。

それだけで病気が治るわけではないけれど、病は気からと言うし、気がかりがある状態よりずっといいはずだ。

「如月法律事務所も、瑠衣も、守らせてほしい」

急に名前を呼ばれ、心臓がドキッと跳ねる。

父の事務所だけでなく、瑠衣自身も気にかけてくれたことが嬉しい。

見上げた先の大和は姿勢正しく、真っすぐに瑠衣だけを見つめている。まるで希《こいねが》うかのような眼差しに惹きつけられ、瞳の中に彼の真意を探す。

彼の多くを知っているわけではないけれど、誠実なその姿は信頼できる気がして、ストレートな言葉に導かれるように瑠衣はゆっくりと頷いた。

「はい。よろしくお願いします」

その後、家まで送り届けてくれた大和とは玄関で別れ、父には瑠衣ひとりで結婚の承諾を報告した。

恋愛結婚でもないのに、ふたり揃って報告するのは気まずいような気はずかしいような、なんとも耐え難い気がしたのだ。

大和は少し不服そうな顔をしていたけれど、週明けに事務所で自分からも報告しておくと言っていた。

詳しいことはまだなにも決めていないけれど、大和と結婚しようと思っていると話すと、英利は驚きながらもとても喜んでくれて、それを見た依子もまた嬉しそうだ。

「珍しいわね。英利さんがここまで浮かれるの」

「そりゃあ、娘の幸せと事務所の安泰が一挙に決まれば、嬉しいに決まっているじゃないか。なんだか寿命が延びそうだ」

「ふふっ、英利さんったら。瑠衣は？　急な話だったけど、高城さんとゆっくりお話できたの？」

たしかに急な話で、一足飛びに結婚を決めたため、熟考したかと言われれば違う。父の病気を聞いたばかりで冷静でもない。

愛のない、跡継ぎのための結婚。

まるで昼ドラのような話が自分の身に降りかかってこようとは予想もしていなかっ

た。

だけど父の喜びようを見れば、この選択は間違っていないのだと思えるし、それだけでもこの結婚には意義がある。

瑠衣が弁護士を目指さなかった時点で、事務所の後継者をどうすべきかとずっと悩ませてしまっていたのだろうと思うと、優秀な弁護士である大和と結婚して跡継ぎを産むことは、自分の使命かもしれないと感じた。

それに、一昔前はお見合い当日に会ったまったく知らない人と結婚していた時代だってあったのだ。

それに比べれば、大和とは浅いながら十年の付き合いになるし、父の事務所で国際弁護士として働く優秀な人だと知っている。

不安はある。けれど、絶対に拒否したいほど嫌だとも思わなかった。

「うん。ふたりで話し合って決めたの。高城さんと結婚する」

どこか自分に言い聞かせるように頷いた。

もう後戻りはできない。それならば、努力しようと思う。

たとえ愛のない結婚だろうと、大和のことを知り、少しずつ距離を縮めていくなど、できることはある。

この結婚が親孝行になるのならば、それもいい。大丈夫、きっとうまくいくはずだ。

瑠衣は心の隅にある不安を覆い隠すように繰り返し胸の内で呟きながら、怒涛《どとう》の一日が終わったと大きく息を吐いた。

2．初めてのデート

瑠衣が大和に初めて会ったのは中学三年の頃。

如月法律事務所にインターンシップに来ていた大学三年生の大和に対し、英利は目をかけて頻繁に家に連れ帰り、一緒に夕食を食べながら授業の様子を聞いたり、仕事について話したりしていた。

以前から若手の弁護士を家に招き、勉強会のようなものをしていたけれど、一番よく顔を見せるのが大和で、瑠衣は同級生とはまったく違う六つも年上の彼にドキドキしていた。

大和は如月家での食事のあと、英利と酒を飲むこともあり、中学生から見た大学生はとても大人で、恋というよりは憧れに近い感情だったように思う。

大和が大学を卒業し、就職してからもたまに家に来ていたけれど、頻度はグッと減った。

司法修習で忙しくしていたらしく、依子は大和が来るたびに日持ちするおかずを持たせてやっていた。

さらに彼がアメリカのロースクールへ留学に行くとまったく会わなくなり、再会したのは瑠衣が大学四年生の頃。大和は二十八歳になっていた。

帰国を祝うため、英利が若手の弁護士を何人か家に呼び、依子は腕によりをかけて料理を振る舞った。

久しぶりに大和が家に来る。そう考えるとなぜかそわそわと落ち着かない気分だったけれど、それを隠して努めて普段通りにしようと玄関で瑠衣が出迎えると、大和がこちらを見つめたまま大きく目を見開いた。

『瑠衣ちゃん？』

名前を呼ばれると、前にも増してカッコよくなっている大和にドキドキと胸が高鳴り、普段通りにしようという努力はいとも簡単に破れてしまった。

『お、おかえりなさい』

あまりにも大和がじっと視線を浴びせ続けるせいで緊張し、〝お久しぶりです〟や〝いらっしゃいませ〟が出てこず、『おかえりなさい』と声を掛けてしまった。

依子と料理をしていたため、エプロン姿で出迎えたこのシチュエーションは、まるで新婚夫婦みたいだ。

そんな自意識過剰な感想を持つと、じわじわと顔が熱くなっていく。

慌てて『いらっしゃいませ。上がってください』と告げると、大和はハッとした表情を見せたあとですぐに視線を逸らし、『お邪魔します』と玄関をくぐった。

『そうだ。よかったらこれもらって。大したものじゃないけど、アメリカ土産』

そう言って渡されたのは、本革で作られた薄い桜色のラウンドポーチ。中央にブランドシンボルである花のロゴが施されていて、ジップのチャームにも同じ花がついている。大学でも話題の春の新作のシリーズだ。シンプルながら可愛らしく、ひと目で良質なものだとわかる。

『わぁ！　ありがとうございます。ずっと大事に使いますね』

どこか素っ気ない態度の大和が気になったものの、わざわざ自分用にお土産を用意してくれた心遣いが嬉しくて、満面の笑みで受け取った。

帰国祝いのささやかなパーティーが始まり、日本とアメリカの弁護士業務の違いなどを真面目に語り合っていたが、お酒が進むに連れて、徐々にプライベートな砕けた会話になっていったようだ。

瑠衣は母とともにホストとしてもてなす側に徹していたが、大和が騒がしくなった彼らの輪から抜け出し、ひとり庭先で佇《たたず》んでいたのを見つけた。

『あの、疲れましたか？』

『いや、あのままあそこにいると、潰れるまで飲んでしまいそうだから』

『すみません。その筆頭は父ですよね』

英利は嬉しくなると酒が進んでしまうタイプだ。もちろん周囲に強要はしないが、いい年をして、いまだに二日酔いで後悔する日もあるほど。

今日もすこぶる飲んでいる。それだけ大和が留学先から成長して帰ってきたことが嬉しかったのだろう。

『ここに来て先生たちと話すと、日本に帰ってきたんだなって実感したよ。相変わらず依子さんの料理も美味いし。今日は君も作ってくれたのか？』

どこかよそよそしい呼び方に違和感を覚えたものの、会話を続けてくれたことにホッとして頷いた。

『はい。来年から社会人ですし、さすがに料理のひとつくらいできないと困ると思って教わってるんです』

そのままふたりで少しの時間、話をした。

大和がアメリカでどんな生活を送っていたのか、瑠衣が『アナスタシア』という一流高級ホテルへの内定が決まり、今はフロント業務に必要な英語を猛特訓をしているなど、話題は尽きなかった。

『就職か。二年……いや、ほぼ三年ぶりくらいか。変わるわけだな』

『なにがですか？』

『いや。こっちの話。それより、英語の勉強を？』

『そうなんです。フロントならやっぱり英語ができた方がいいと思って。一度留学も視野に入れたんですけど、尻込みしちゃいました。アメリカはどうでしたか？　弁護士さんはただでさえ難しい用語が多そうなのに、それを英語でこなせるなんて尊敬しかないです。やっぱり、いずれは向こうで活躍したいですか？』

『うーん、そうだな。機会があれば。やり甲斐《がい》はあったよ。とにかくスケールの大きな案件が多いし、日本とじゃ弁護士の仕事の幅もかなり違ったし』

苦笑いで言葉を濁《にご》され、さすがに所属している事務所の所長の娘に〝いつかアメリカに行きたい〟とは言い辛いのではと気付いた。

会社の制度で留学したのだから、その分事務所に利益をもたらすべきだと考えているのかもしれない。

けれど優秀な大和ならば、いずれ留学先で体験してきたような大きな案件に携わりたいと思うようになるのではないか。

如月法律事務所だって日本有数の事務所だけれど、彼の言うようにアメリカと比べればスケールが違う。

その時、瑠衣は『そろそろ戻ろうかな』と腰を上げた大和を見上げて、彼はいつかアメリカに行ってしまうのかもしれないと、少し寂しく感じたのだった。

＊　＊　＊

メッセージを見たのは、早番のシフトを終えて更衣室で着替えている時だった。

【瑠衣の都合のつく日を教えてほしい。同居に際して色々揃えたいものもあるし、買い物に付き合ってくれると嬉しい】

叫んでしまいそうなのをなんとか堪《こら》え、手にしたスマホに表示される文章を何度も読み返す。

差出人は間違いなく大和で、文面から推察するに、新生活に必要なものを買いに行こうという提案だ。

結婚するからには同居するのは当然で、一緒に住むのに足りないものも出てくるだろう。

あの日以来ナチュラルに『瑠衣』と呼ばれているが、そんな些細《ささい》な変化にすらドキドキしている。

頭でわかってはいても、本当に自分は結婚するのかと、いまだに現実味がなくふわふわとしている瑠衣にとって、大和からの誘いは唐突にすら感じられた。

しかし、実際はそうでもない。英利に話を聞いてから、すでに三週間が経っている。結婚を承諾した公園で今さらながら連絡先を交換し、二、三日おきに他愛ないメッセージを送り合ってはいたものの、いまだに入籍や結婚後の話を具体的にしていない。

それどころか、一応は婚約者となったはずだが、ふたりで出かけたことすらなかった。

「え、デートみたいじゃない……？」

大和と待ち合わせをしてふたりで買い物をする自分を想像すると、なんだかむず痒《がゆ》くなるような照れくささがある。

思わず漏れた呟きを隣で聞いていた同期である佐野梓《さのあずさ》が、興味津々にスマホを覗《のぞ》き込んできた。

「えっ、なになに、デート？　誘われたの？」

梓とは瑠衣と同じく幼い頃にホテルマンのもてなしに感動し、フロント業務に憧れてアナスタシアに入社したと聞いて以来ずっと親しくしていて、休日に遊びに行くほど仲のいい同僚兼友人だ。

瑠衣が有名な如月法律事務所の所長の娘だということも話していたので、その事務所の跡継ぎを産むために結婚を決めたことも打ち明けた。

最初は『あり得ない！　そんな愛のない結婚なんて絶対後悔するよ！』と自分のことのように怒って心配してくれた梓だが、大和の人となりや父への思いを伝え、瑠衣が悲観して結婚を決めたわけじゃないことを話すと、今ではその決断を応援してくれている。

その際、『ごめんね、お父さんが病気って知って一番動揺してるのは瑠衣だよね。辛くなったらいつでも話してね』と気遣ってくれた梓と友達でよかったと心から思った。

彼女に話を聞いてもらい、自分でも父の病気を調べてみた。ネットの情報ではあるが、まずは食事制限と薬物治療から始めるらしく、すぐに入院になるような心配はなさそうだ。多少勤務時間を短くしているが、現に英利は今も仕事を続けている。

ひとりでは怖くて詳しく検索できなかったので、隣にいてくれた梓にはとても感謝している。

瑠衣は少し落ち着くためにメイク直しでもしようと、バッグからポーチを取り出した。桜色のポーチは以前大和からお土産でもらったものだ。

はずかしいから言わないけれど、実は今でも小物やコスメを入れるのに使っているのだと大和が知ったらどんな反応をするだろう。

彼にとってはなんの気なしに購入したものだろうし、プレゼントしたことを覚えているのかもわからないけど、瑠衣にとっては大切なものだ。

「デートっていうか、買い物？　付き合ってほしいって」

「結婚前提の男女がふたりで買い物するならデートでしょ？」

「そう、かな？」

「いや、私だって経験ないからわからないけど」

百六十三センチある梓はバランスの取れた女性らしいスタイルをしていて、フロントの制服である黒のシャツに紺碧《こんぺき》のジャケット、グレーのタイトスカートが羨ましいほど長い手足に映える。

容貌《ようぼう》も童顔の瑠衣とは違い、清楚な正統派美人な梓だが、いまだに恋愛経験はゼロらしい。

初恋もまだだと言っていた梓は困ったように肩を竦めて、脱いだジャケットをロッカーの中に収めながら、「でもよかったね」と笑った。

「向こうも瑠衣と距離を縮めようって考えてくれてるってことだよね。じゃないと一緒に買物に行こうなんて言わないんじゃないかな」

瑠衣が『結婚するからには、いい夫婦になれるように努力していこうと思ってる』と話したのを覚えてくれていた梓はそう言うと、リップだけ塗り直して再びスマホとにらめっこしている瑠衣を励ますように腕を絡めてきた。

「ご飯食べに行こう。そこで対策を練ればいいよ」

「対策？」

「そう。初デート対策。まずはなんて返信するかってところからだよね」

真面目にそんな提案をする梓が可笑しくて、瑠衣は図らずも肩の力が抜けた。

＊　＊　＊

梓と行きつけの居酒屋で〝初デート対策会議〟をしてから三日後の土曜日。

互いの休日が重なっていたため、ランチの時間の少し前に待ち合わせをすることになった。

わざわざ迎えに来てもらうのは申し訳ないと伝えたが、大和は『先生と依子さんにも挨拶《あいさつ》したいから』と言って、車で瑠衣の実家まで来てくれた。

「それでは、瑠衣さんをお借りします」

「ありがとう。頼むよ、高城くん」

「楽しんでいらっしゃい」

両親に簡単に挨拶を済ませ、大和にエスコートされて助手席に乗り込む。

スポーツカーらしい洗練されたデザインの真っ白な車は、何十年もの時代を超え世界中の車ファンの憧れを一身に集めるモデルだ。

〝走り〟を追求したブランドで、ドライビングの安全性を重視した設計がなされており、標準のシートよりも多少硬く製造されている。

そのため女性を乗せるのに適しているとは言い難いが、低振動で安定感は抜群だ。

「ごめん、シート硬いかな」

「え？　いえ、気にならないです。カッコいい車ですね」

瑠衣は免許を持っておらず、車にも詳しくないため、それ以上の感想が出てこないが、それでも父の運転する国産車とはハンドル周りから全然違う。

「ありがとう。去年買い換えたばかりで、気に入ってるんだ。今度から瑠衣用に助手席にはクッションを置こう」

さりげなく助手席を瑠衣専用だと言ってくれる大和に、瑠衣の心臓は高鳴る。

「えっと、今日はどこへ？」

メッセージで待ち合わせ場所と時間を決めたものの、具体的にどこへ行くのかは聞いていない。

なにを着ていくか悩んだものの、買い物に付き合ってほしいと言われていたため、百貨店などに入ってもはずかしくないようなスタイリングを心がけた。

襟《えり》にビジューのついた白いノースリーブのブラウスに、膝下で揺れる若草色のチュールスカート、レモンイエローのパンプスで、夏らしくもきちんとした雰囲気にまとめたつもりだ。

一方大和は、ライトグレーの開襟シャツに黒のパンツと、シンプルなモノトーンコーディネート。それゆえ彼本人の素材の良さが引き立っている。

「まずは俺の部屋でもいいかな？」

「えっ？」

買い物と聞いていたため、まずはどこかショッピングモールか、少し早いがランチへ行くものだと思っていた瑠衣は、突然最初の目的地が彼の自宅と聞き、身体が跳ねるほど動揺した。

（待って、え？　部屋って、そんなに突然……？）

たしかに跡継ぎをつくるための結婚を承諾はしたものの、まだすべてにおいて心の準備が整ったわけではない。

いきなり初デートでそんなことになるとは思っていなかったため、今日は自分がどんな下着かも覚えていない。

梓との〝初デート対策会議〟では、そんな話題すら出なかったのだ。

（どうしよう。〝身体の相性〟的な……？）

梓とふたり揃って恋愛経験値が低いから知らなかっただけで、大人のデートならこれが普通なのだろうか。

戸惑ったまま「はい」とも「いいえ」とも言えないでいると、続けて大和が口を開いた。

「入籍後どこに住むか考えたんだけど、今の俺のマンションなら瑠衣の職場にも行きやすいと思うんだ。部屋も余ってるし、瑠衣が嫌でないならそのまま住み続ければいいかと考えてて。一度見てもらいたいんだ」

「……あ。なるほど」

自宅訪問の目的を伝えられ、瑠衣は納得してホッと胸を撫で下ろす。それと同時に、自意識過剰な想像をはずかしく思った。

(下着がどうとか身体の相性とか、考えすぎだよ。まだ入籍前だし、彼の言う通り、住むところすら決めてないんだから)

火照った頬を冷ますように両手で包んでいると、それを運転しながら横目で見ていた大和がクスッと笑って瑠衣をからかってきた。

「なに？　昼間から俺が部屋に連れ込んで襲うと思った？」

「いっいえ！　そんなこと」

ブンブンと首を横に振りながらも、大和の笑顔から目が離せない。

(笑った……！　からかわれてるだけだけど、ちょっと嬉しい)

昔からクールな印象が強いだけに、ふいうちの笑顔に鼓動がうるさいほど高鳴った。

羞恥と照れくささで小さくなっていると、赤信号で停まったタイミングで大和の腕が伸びてきた。

毛先だけアイロンで巻いた髪を指先で梳《す》き、大きな手がぽんと頭に乗せられる。

「心配しないで。結婚するまで、ちゃんと我慢する。瑠衣は、それまでにゆっくり心の準備をしてくれたらいい」

優しく穏やかなトーンで発された言葉とは裏腹に、大和の眼差しは熱っぽく、大人の男の色気を含んでいるように感じる。

結婚後は必ず瑠衣を抱くという意味にもとれ、ふいうちの笑顔以上にドキドキさせられた。

もちろんそれも込みでこの結婚を承諾したのは瑠衣なのだから、今さらギャーギャー騒ぐ方がおかしい。

けれど経験豊富そうな大和と違い、瑠衣の恋愛遍歴は大学時代に同い年の彼氏がひとりだけ。それも、就活など忙しさを理由に一年ほどで別れてしまった。

それ以降は仕事が楽しくて恋愛に興味が向かず、なんとなく独り身のまま過ごしてきた。

もしかしたら、父はそんな瑠衣を心配して今回の話を持ちかけたのかもしれないけれど、とにかく瑠衣は男性に対して免疫が低い。

ドキドキしてうまく返すこともできないまま信号は青になり、大和の手はすぐに引っ込められた。

車を走らせること十分。着いた先は見上げると首が痛くなるほど大きな高層マンションだった。

地下一階、地上三十四階建てで、まさにそびえ立つという表現がぴったりな建物は、都心とは思えないほど多くの緑に囲まれ、エントランス前には噴水や飛び石の歩道があり、建物以外の敷地だけで二千平米はあるらしい。

まるで瑠衣の働く高級ホテルのように背の高い重厚な扉をくぐると、エントランス内もまた素晴らしくラグジュアリーな空間だった。

コンシェルジュカウンターが設置されており、ダークブラウンの横壁には水槽が埋め込まれ、熱帯魚が優雅に泳いでいる。

ソファセットもそれぞれ距離をとって三つほど設置されており、住人同士がコミュニケーションを取ったり、来客の対応をしたりするのに使用されるのだろうと思われた。

彼の部屋は二十八階にあるらしく、カードキーを翳《かざ》すと勝手に二十八のボタンが点滅し、エレベーターが上昇する。

こんな風に男性の部屋に行った経験もほとんどなく、狭い空間では心臓の音が大和に聞こえてしまいそうだ。

(どうしよう、緊張してきた……)

大和の部屋の前に辿り着くと、玄関の扉を解錠しようとする彼の手がぴたりと止まった。

「高城さん？」

不思議に思って声を掛けると、苦笑とも諦めともとれない笑顔で「いや、驚かせるだろうなと思って」と呟いた。

「どうぞ、入って」

「お、お邪魔します」

玄関に入ってパンプスを脱いで揃えると、大和が出してくれたスリッパを履いて彼のあとに続く。

廊下を進んだ奥の正面と左に部屋のドアがあり、右側には三十畳はありそうな広々としたリビングダイニング。二面の窓からは周囲の同じような高層マンションがいくつも見える。

天板がガラスのダイニングテーブルにブラックの椅子、ソファも黒い革製のもので、その前に置かれているローテーブルも黒。

フローリングは白い木材で、窓からは十分すぎるほどの光が差し込むため暗くはないが、ソファ周辺は黒のラグが敷かれており、全体的にシックでスタイリッシュなインテリアは大和の雰囲気にぴったりだと言える。

唯一にして最大の想定外といえば、ダイニングテーブルやローテーブル、果てはソファやその周辺の床にまで積み上がった本の数々。

縦横無尽に動いている黒くて丸いお掃除ロボットが、崩れた本の山に激突し、ゴンゴンと怒ったような音を立てている。

決して不衛生なわけではないが、多少乱雑という印象で、いつだって完璧な大和のイメージとはかけ離れた部屋だった。

「あー、ごめん。驚くというか、引いてる？」

「え？」

「片付けようとも思ったんだけど、なんだか騙《だま》すみたいで。今後一緒に住むなら、そのままを知ってもらった方がいいかと思ったんだ。……見ての通り、整理整頓がすこぶる苦手で」

怒られた子犬のような表情で白状する大和の言動が新鮮で、呆気にとられていた瑠衣は思わず声を出して笑ってしまった。

「瑠衣？」

「すみません、笑ったりして。驚きましたけど、引いてません。むしろ安心しました」

「安心？」

「高城さんってなんでも完璧にこなすイメージだったので、こうして苦手なものがあった方が、私も妻として役に立てそうで嬉しいです」

素直に思ったことを告げると、大和は嬉しそうに目を細めた。

「ありがとう」

眩《まぶ》しいほどの笑顔を向けられ、瑠衣の鼓動が音を立てて跳ねる。それを隠すように、礼を言われるほどのことではないとブンブンと首を振った。

「〝妻として〟ってことは、ちゃんと俺との結婚を考えてくれてるんだな」

「あっ」

大和に指摘されて初めて気が付いた。

まだ現実味がないと思っていたのに、意外にも無意識のうちに受け入れ始めているのかもしれない。

おかしなことではないのに、なぜかとても気はずかしい。そっと頬に触れてみると思っていた以上に熱くて、こっそりと手で扇《あお》いだ。

それから、大和は家の中を簡単に案内してくれた。

「他に部屋は三つ。さっきのドアの左側が一番大きな部屋で寝室として使ってる。廊下の正面は書斎、仕事部屋かな。玄関入ってすぐの右手にもうひとつ部屋があって、そこが余ってるんだ」

「あの、こんなに広いマンションにひとりで？」

疑問に思って尋ねると、彼はなんでもないことのように答えた。

「うちの両親は離婚してるんだけど、どちらも息子に興味はなくて引き取りたがらなかったんだ。代わりに莫大な教育費を振り込まれた。それを元手に投資で増やして、留学から帰国する時にこのマンションを買ったんだ」

「そう、だったんですね」

大和の両親の話は初めて聞いた。彼はさらっと話しているが、内容はとてもヘビーだ。瑠衣はどう返すべきかわからず、曖昧《あいまい》に相槌《あいづち》を打つ。

両親はもちろん、祖父母が健在の頃は全員揃って食事をとるのが日常で、家族はそばにいるのが当然という環境で育った瑠衣にとって、かなりショッキングな話だった。

「ごめん、そんな顔をさせたいわけじゃないんだ。俺はなんとも思ってないから大丈夫。両親とも今はそれぞれに家庭があるらしいし、電話で一応結婚の報告はしておいたから、瑠衣は気にしないで」

「ご挨拶に行かなくても？」

「うん、勝手にしろって言われて終わるだろうから」

色んな家族の形があるのだ。瑠衣は大和がそう言うのならと頷いた。

それより、と大和は話題を変えた。

「このマンションで暮らすのはどうかな。気に入らなければ、別に新居を構えてもいいし」

「い、いいえ！　十分すぎます！」

「そう？　じゃあ、足りないものや変えたい家具なんかも見に行こうか。瑠衣の部屋も整えたいし。さすがに新婚夫婦が暮らすのに、このリビングはないだろ？　瑠衣の好きなインテリアに変えていこう」

全体的に黒で揃えられた部屋はスタイリッシュでモデルルームみたいではあるものの硬質で、〝新婚〟や〝家族〟というワードからイメージされる温かみや柔らかい雰囲気とは駆け離れている。

だからといって、家主である大和の部屋を自分好みに変えるのも気が引ける。

「いいんですか？　高城さんの趣味のままでも、私は構わないです」

「特に好みがあるわけじゃないんだ。この部屋もインテリアコーディネーターに任せると言ったら、こういう仕上がりになっただけで。それよりも夫婦ふたりの家って雰囲気に変えたいと思ってる。できれば、瑠衣の好みで選んでくれると嬉しい」

大和の考えを聞き、彼もまた結婚してふたりで生活をしていくビジョンを現実的に考えてくれているのだと嬉しく思った。

「わかりました。私も意見を言わせてもらうので、高城さんも言ってくださいね」

「了解」

視線を合わせて微笑み合うと、瑠衣は大和とふたりで部屋の中でそのまま使い続けるものと、新たに買いたいものをリストアップしていき、早速買い物に出かけることにした。

途中、正午を過ぎたのでランチをとり、やってきたのは高級輸入家具を扱う専門店。今の家具もここで揃えたらしく、来店前に電話をすると、スムーズにショールームに案内された。

イタリアやフランスを中心としたヨーロッパから厳選して集められた高級家具の数々は、見た目の美しさはもちろん、シンプルながら上品なデザインのものばかり。

まずはリビングのメインとなるソファと、ダイニングテーブルを決めていく。

「ソファは何色がいい？」

「そうですね、できればシンプルなカラーがいいです。グレーとかベージュとか。高城さんは？」

「俺も同じ意見だ。今は黒の革張りだから重厚感のある雰囲気になってるけど、できればもう少し明るい感じがいいな」

ふたりの意見をすり合わせながら、担当のコーディネーターから提案される商品をひとつずつ吟味《ぎんみ》していく。

一時間ほどで、ソファとダイニングテーブル、カーテンを選び終えた。

中でも瑠衣のお気に入りはダイニングテーブルのセットで、天板の大理石には光沢加工が施され、脚部にはレザーが張られている。椅子は温かみのある柔らかいオレンジ色を選ぶと、食卓がグッと明るくなりそうな予感がした。

実家で依子の料理をよく食べていた彼なら、どんな料理を作っても美味しいと言って食べてくれそうだ。

(そのあとは一緒に食器を洗ったりするのかな。ふふ、本当に新婚さんって感じだ)

幸せな未来が見える気がして、瑠衣は口元を緩めた。

「いいな。食事の時間が楽しみだ」

「はい！　頑張ってお料理しますね」

「瑠衣も仕事をしてるんだ。無理はしなくていいよ」

「ありがとうございます。でもお料理は好きなので苦じゃないですよ。味は母仕込みなので、きっと高城さんのお口にも合うはずです」

言い切ってから、ふと疑問が浮かんだ。

弁護士はハードスケジュールで忙しい。父も帰りが遅くなったり、休日出勤になったりしていたし、よく海外出張にも行っていた。

そんな父を支える母は、結婚を機に仕事を辞め、専業主婦として家庭を守り続けている。

瑠衣は夢だったホテルのフロントという仕事が楽しくて、辞めるという選択肢は浮かびもしなかったけれど、もしかしたら大和は言わないだけで家庭に入ってほしいという希望があったりするのだろうか。

考えてみれば、交際期間〇日で結婚を決めてしまったため、そういった今後の生活の意識のすり合わせみたいなものが、なにもできていない。

そして、一番重要なこと。子供をつくるタイミングについても、きちんと話し合えてはいなかった。

父に安心してもらうために結婚し、跡継ぎをもうけようと思っているのだ。早い方がいいだろう。

「あの、聞いてもいいですか？」

「ん？」

「私、仕事を続けても構わないですか？」

「もちろん。どうして？」

即答してくれた彼に安心しつつも、疑問に対しての答えを店内でするのは憚《はばか》られ、視線を彷徨《さまよ》わせる。

すると言いたいことを察してくれた大和は、コーディネーターに支払いと配送の手続きを頼むと、店を出て車に戻ってから話を続けた。

「ごめん。買い物デートよりも、色んなことを話し合うのが先だったな」

「い、いえ。私も、どこかまだ結婚に対して現実味がなかったので。こうやって色々買い揃えていると、高城さんと一緒に住むんだなって実感が湧いてきたというか、色々想像できたというか」

大和の口からさらっと〝デート〟という単語が出たことに驚き、言わなくてもいいことまで言ってしまう。

「想像？」

「あ、いえ。なんでもないです」

ダイニングテーブルを見て、食後の皿洗いの風景まで思い描いていたなんて、はずかしくてとても言えない。

慌ててブンブン手を顔の前で振る瑠衣にクスッと笑った大和が、「気になるけど、それは追々聞こう」と話題を戻した。

「まずさっきの仕事の件だけど。俺は辞めてほしいとは思っていないよ。瑠衣が続けたいのなら、もちろん続けて構わない」

「よかったです。うちの母は専業主婦だったので、高城さんはどう考えてるのかなって気になって。じゃあ、仕事は続けさせていただきます」

瑠衣は早めに職場の産休や育休の制度などを確認しようと心のメモに書き留めた。

「うん。ホテルの勤務形態はシフト制？」

「はい。三交代のシフト制で夜勤もあります。不規則ですけど、家事の手は抜かないので」

「さっきも言ったけど、仕事をするのなら無理はしなくていい。料理も洗濯も、休日が重なった時にふたりでまとめてやればいいんだし。ただ……」

「……ただ？」

言葉を止めた大和を、助手席からそっと見上げる。

「掃除だけは頼めるとありがたい」

瑠衣の脳裏に、本の山に突進するお掃除ロボットの姿が蘇《よみがえ》った。

「ふふっ、了解です」

「あと気になってるのは？」

「えっと……」

一番の気がかりは子供をつくるタイミング。

仕事を続けたいと思っているが、父に孫を抱かせてあげるためには、早めに妊娠しなくてはならない。

結婚する目的が跡継ぎなのだから、きちんと聞いておいた方がいいとはわかっているが、昼間の車内で〝いつ頃から子づくりしますか？〟なんて聞けるほど肝《きも》は据わっていない。

結局、家計の管理や家事の分担、同居するにあたっての簡単なルールなど、普通の新婚夫婦のような会話をして、その日はお開きになった。

3．憧れが恋に変わる時

「すみません、お待たせしました」

「大丈夫、俺も今来たところ」

大和と待ち合わせしたのは、乗降者数日本一を誇るターミナル駅の改札前。平日の午後六時、帰宅ラッシュと重なり、多くの人が行き交っている。

そんな中でも、駅の壁面を背にし、スマホを片手に立つ長身の大和はとても人目を引く。

あまりの人の多さに、これでは大和と落ち合うのに一苦労だと思っていたけれど、改札を出てすぐに彼を見つけられた。満員電車でくしゃくしゃになった髪を整えるのに使った手鏡を慌ててポーチに仕舞い込む。

瑠衣は休みだったが、仕事だった大和は夏でもワイシャツにネクタイを締めたスーツ姿。

弁護士といえば、よくドラマでひまわりと天秤《てんびん》をモチーフにした金色のバッジをつけて登場するが、実際は基本的に身につけずに財布などに入れている人が多く、大和の襟元にもバッジはついていない。

圧倒的なオーラを放っている彼が、瑠衣の手元に目を落とした。その視線は、桜色のポーチに縫い留められている。

三年ほど前に大和が留学から帰国した際、彼がプレゼントしてくれたものだ。

「……覚えて、ますか？」

恐る恐る尋ねると、大和は驚いた表情を隠しもしないで瑠衣を見つめたあと、「もちろん」と呟いた。

「ずっと大事にするって言ってくれたのを、守ってくれてるんだな」

随分《ずいぶん》馴染《なじ》んだ革の風合いから、あれからずっと使っているのが伝わってしまい照れくさいけれど、三年も前の出来事を覚えていてくれた嬉しさに頬が緩む。

「私のためにわざわざお土産を選んでくれたことが嬉しかったので」

「……ありがとう。大事にしてくれて。贈った甲斐がある」

「こちらこそ、ありがとうございます」

両者の間に面映《おもは》ゆい空気が流れる。

「よし、行こうか」

「はい」

甘くむず痒い空気を振り切って、先に一歩を踏み出したのは大和だった。

こうして休日や互いの仕事終わりに会うようになり、今日が四回目のデート。

三交代のシフト制で平日に休みの多い瑠衣と、基本土日が休みとなる大和の予定は合わせにくいが、なんとか時間を見つけてはふたりで食事に行くなど会う機会をつくっていた。

フロント業務をしていると、宿泊客などから都内でおすすめのレストランを聞かれることが多いため、ひとりではなかなか入りにくい高級店や、海外からの客にも気に入ってもらえるような日本料理の店など、口コミに頼らず自分でも足を運んでみたいと思っていた。

いつも大和は行きたい店や食べたいものの希望を聞いてくれるため、瑠衣は彼の言葉に甘えて素直にそういった店をリクエストさせてもらっている。

今日は夕食の前に行きたい場所があるとあらかじめ言われていたため、指定されたこの駅での待ち合わせだった。

目的地までは徒歩五分。大和に連れられてやってきたのは、女性から絶大な支持を得ている『ソルシエール』というアパレルブランドのお店。

店構えは〝服の魔法でお姫様にする〟というブランドコンセプトに違《たが》わぬ洋風の城

のような外観で、店内も淡いピンク色の壁にキラキラとしたシャンデリアが吊られており、什器《じゅうき》やソファなどのインテリアはオフホワイトで統一され、可愛らしく上品さも漂っている。

瑠衣にとっても憧れのブランドであるものの、普段使いのブラウスやワンピースでさえいいお値段がするので、自分へのご褒美として数着持っている程度だ。

「あの、どうしてここに？」

ソルシエールは女性向けのブランドで、メンズは小物すら扱っていない。大和には無縁の場所だ。

「前に会った時、ファッションは秋服が一番好きだって話してただろ？　七月も終わるし、そろそろ秋物が出る頃かと思って」

アパレル業界の季節は二ヶ月ほど先行していて、夏真っ盛りの七月には夏物のセールを行っている店が多い。

それと並行して夏素材ながら秋っぽい色味を使ったものなど、少しずつ秋物が増えてくる時期だ。

「高城さん、詳しいんですね」

弁護士なので博識であるとは思っていたものの、ファッション業界にも詳しいとは意外だった。

「何度もアパレル企業のM&Aに関わってるから。仕事を受ける時は、多少その業界の勉強をするおかげで詳しくなる。この店もその時に知ったんだ。女の子らしいデザインの服が多くて、瑠衣に似合いそうだと思ったから覚えてた」

「そ、そうだったんですね」

納得した風に頷きながら、瑠衣は胸がときめくのを抑えられないでいた。

先日瑠衣が何気なく話したことを覚えていて連れてきてくれたのだと理解すると、大和の気遣いをとても嬉しく感じる。

その上、仕事で関わった際に『瑠衣に似合いそうだ』と思っていた事実をさらりと告げられれば、ますます鼓動は高鳴り、頬がじわりと熱を持つ。

店内を見て回ると、大和の言う通り、これから夏本番だというのに店内はブラウンやくすみピンク、マスタードイエローなど、パステルカラーに比べて落ち着いた色味の洋服がずらりと並んでいた。

「わぁ、どれも可愛い！」

ソルシエールの服は流行を押さえながらも、決してブランドコンセプトがブレることがない。一貫して上品で可愛らしいデザインの服の数々を目にしてしまえば、どれもこれも欲しくなってしまう。

目についた膝丈のワンピースを手に取り、身体に当ててみた。

薄いブラウン地に黄色とオレンジが差し色で入るチェック柄が可愛く、スタンドカラーとランタンスリーブが特徴的なデザインで、ウエストラインが絞られているため、着ると綺麗なAラインシルエットになる。

「瑠衣に似合いそうだ」

「本当ですか？」

「うん、可愛い」

鏡越しに目が合ったまま微笑まれ、心臓が大きな音を立てて跳ねる。

可愛いのはワンピースだとわかっていても、勝手にドキドキしてしまう鼓動は抑えようがない。

「あ、えっと、じゃあ着てみようかな」

試着をお願いしようと店員さんを探すと、その間に大和は別のワンピースやブラウス、スカートなどをいくつも手に取っていく。

「これとこれ、こっちは試着はしなくて大丈夫か。あとこれも着てみて」

次々と商品を渡され、瑠衣は言われたままに試着室へ押し込まれる。

代わる代わる着替えては大和の感想を求めるようにカーテンを開けるのがはずかしく、真っ赤になりながら店内でファッションショーを繰り広げ、最終的には試着した商品すべてを大和が店員に包むように指示をしていた。

「えっ全部⁉ 待ってください、私そんなお金……」

満面の笑みで大量の服を持って去っていく店員の背中に聞こえないように、瑠衣は小声で大和に言い縋る。

最初に選んだワンピース一着だって、瑠衣の給料ではかなり奮発した額だ。

「瑠衣に払わせるわけがないだろう。どれも似合ってたし、選びきれなかったんだ」

「そんな。買っていただく理由が」

「婚約者にプレゼントするのに、理由が必要？」

瑠衣が言葉に詰まると、大和が強引にも思える素早さで支払いと配送の手続きを済ませてしまった。

「秋服はさすがにまだ出番はないだろうから、すぐ着られるもの以外の届け先は俺の家にしておいた。瑠衣が引っ越してくる頃には、着られる季節になるだろう」

そうか。秋服を着る頃には、彼の妻になっているのだ。

日毎に大和の妻になるという実感が湧いていき、彼に会うたびに惹かれていく自分に気付く。

　知り合って十年になるが、こんなに高い頻度で会ったりはしていなかったし、挨拶をする程度で長時間話す機会もなかった。

　だからこそ、年上の男性に憧れる気持ちはありつつも、今までは恋心に発展することはなかった。

　けれど、今は違う。

　この結婚が普通とは違う始まりだったせいで不安もあったが、誠実に接してくれる大和のおかげで、いつの間にか入籍を待ち遠しく感じていた。

「ありがとうございます。嬉しいです。こんなにたくさん、すごい贅沢」

「これくらいなんでもないよ。先生だってたくさん買ってくれただろう？」

　大きな法律事務所を経営する祖父と父の元に生まれた瑠衣は、たしかに一般家庭よりは裕福に育った。

「子供の頃は買ってくれましたが、基本的に自分のものは自分でっていう教育方針でした。だから大学生の頃からアルバイトもしてましたよ」

　女性だろうと自立すべきだという父の考えで、高校を卒業してからはお小遣いも一切なかった。

「へぇ、先生は瑠衣には甘々だと思ってた」

「ふふ、意外でしたか？」

瑠衣自身も父の考えに納得できたので、欲しいものは自分が稼いだ分で賄《まかな》えるものを買っていたし、実家住まいのため、就職してからは少しだけど家に生活費を入れている。

だから金銭感覚は人並みか、もしかしたら普通より財布の紐は固いかもしれない。

「でも瑠衣は俺の妻になるんだから、瑠衣のものはすべて俺が出したい。他にも買いたい物があるんだけど」

「えっ、まだあるんですか？」

「うん。というか、次が本命」

そうして向かったのは、最高級と名高いアメリカの老舗ジュエリーブランドの東京支店。

まさかとは思っていたが、ここで結婚指輪を選ぼうと言われ、瑠衣は店に入る前から腰が引けてしまう。

世界中の洗練されたセレブが愛用するジュエリーを身につけるには、瑠衣には美貌も社会人としての経験値も足りなすぎる。

そう伝えてもう少し気軽なものにと提案したものの、ここでも大和は譲る気はないらしく、瑠衣の背中に手を添え、強引に入店を促した。

店内に無駄な装飾はなく、ガラスのショーケースに並べられている眩しいほどの宝石たちに圧倒される。

大和が「結婚指輪を見せてほしい」と告げると、何人もの黒いスーツ姿の店員から「おめでとうございます」と声を掛けられ、担当となる依子と同年代くらいの女性がにこやかに奥の個室に案内してくれた。

室内にもエメラルドカット型のショーケースがあり、一粒のダイヤモンドが真ん中で煌《きら》めく定番のソリティアリングやウェディングバンドリング、今季新作のジュエリーが品よく並べられている。

「この度はおめでとうございます。お好みをお聞かせいただけましたら、いくつかご案内させていただきますね」

「瑠衣。遠慮しないで好きなものを選んで。どれが好み？」

そう言われても、どれもキラキラしていて素敵なものばかりで、とても選べそうにない。

（選んだところで、恐ろしくて自分の指につけられない気がする……）

値札がないところがまた恐ろしい。

困惑していると、担当の女性が穏やかに微笑みながら「今人気のシリーズはこちらですが、お客様でしたらこういった華奢《きゃしゃ》なデザインもお似合いになりますよ」と、ケースを指しながら声を掛けてくれた。

プラチナリングにぐるっと一周ダイヤモンドがセッティングされたデザインが多い中、彼女に提案された指輪は、緩やかなウエーブを描き交差する指輪の中央にふたつダイヤモンドが並んでいる。

「こちらは〝運命の出会いを果たしたふたり〟がコンセプトで、中央のダイヤを愛し合うふたりに見立てたデザインになっているんですよ」

「素敵……」

美しいデザインはもちろん、ロマンチックな物語のようなコンセプトに魅了され、瑠衣はうっとりと指輪を見ながら呟く。

「お試しになってはいかがですか？」

「え、でも」

「お願いします」

瑠衣が戸惑って隣を見上げると、大和があっさりと担当の女性の提案に頷く。

ケースから取り出してもらった指輪は、近くで見れば見るほど眩《まばゆ》く光り、素手で触るのも躊躇《ためら》ってしまうほど神々しい。

促されておずおずと嵌《は》めてみると、少し緩いが、細く白い瑠衣の指に華奢な指輪がよく似合った。

「わぁ……」

思わず感嘆の声が漏れるほど、左手の薬指が輝いて見える。

つい先程まで自分の指にはつけられないと感じていたのも忘れ、瑠衣は食い入るように中央のふたつの宝石を見つめた。

（〝愛し合うふたり〟か。すごく素敵な指輪だけど、私が選ぶにはおこがましいデザインかも……）

結婚が決まってはいるものの、愛し合って結ばれるわけではない。

それを思い出すと、瑠衣の胸の奥がぎゅっと痛んだ。

「あの、やっぱり」

自分には合わないと指輪を抜こうとしたところで、大和が口を開いた。

「これにしよう」

「え？」

「すごく似合ってるし、俺も瑠衣にはこの指輪をしてほしい」

「でも……」

「気に入らない？」

「まさか！　すごく素敵です」

「だったらこれにしよう。お願いできますか？」

その後、瑠衣の指輪と対になっている男性用デザインの指輪を試着なしで購入を決めた大和は、値段を悟らせないようスマートに支払いを終えた。

（高城さんはこの指輪でよかったのかな。〝運命の出会い〟とか〝愛し合うふたり〟とか、私たちの結婚から程遠い言葉なのに。それに、私にこの指輪をしてほしいって、どういう意味……？）

嬉しい反面、大和がどう思っているのかが読めず、小さな戸惑いが拭い去れない。

「サイズのお直しに時間を頂戴するため、お渡しは一ヶ月後となります」

丁重に店の外まで出てきた担当女性と数人のスタッフに見送られ、瑠衣と大和は駅方面に向かって歩き出した。

「高城さん、ありがとうございます。あんなに素敵な指輪を買っていただいて」

「夫婦になるんだから当然だ。気に入るものが見つかってよかった」

優しく微笑みながら瑠衣の左手を取ると、今はなにもついていない薬指の根元をさらりと撫でる。

たったそれだけの小さな仕草に、瑠衣の鼓動は大きく高鳴りだす。

買ってもらったたくさんの洋服も、ロマンチックな結婚指輪も嬉しいが、なにより大和が自分を〝未来の妻〟として扱ってくれることが、心が震えるほど嬉しい。

勇気を出して大和の手を握り返そうとした時、彼のスマホが鳴り、ハッとして手を引っ込めた。

「悪い、音を切るのを忘れてた」

「大丈夫ですよ。出てください」

「ごめん、ありがとう」

律儀に瑠衣に謝ると、大和はディスプレイで相手を確認してから電話に出た。

流暢《りゅうちょう》な英語を淀《よど》みなく話す大和に、思わず見惚《みと》れる。

彼の表情は今まで瑠衣に見せていた優しげなものではなく、国際弁護士として第一線で活躍するエリート弁護士そのもので、優秀だと父から聞いてはいるものの瑠衣が知らない一面だ。

（うわぁ、カッコいい……！）

心の中で叫んだものの、そのまま見つめ続けるわけにはいかない。

弁護士は職務上守秘義務があるため、隣で電話の内容を聞くのも憚られ、瑠衣は大和に目配せすると、近くにあったカフェにひとりで入り、季節限定のピーチフラペチーノとアイスコーヒーをテイクアウトで購入する。

両手にカップを持って戻ると、同じ場所に立っていた大和が、ちょうど電話を終えたところだった。

「気を遣わせて悪いな」

「いえ。はい、これ。アイスコーヒーでよかったですか？」

「ありがとう。瑠衣はなににしたの？」

「新商品のピーチフラペチーノです」

「女の子って感じのチョイスだな。すごい甘そう」

そう言って笑う大和の声音が以前よりも甘くなっていることに、本人は気付いているのだろうか。

電話で仕事の話をしていた彼とはまったく違っていて、瑠衣はそのギャップにすらときめいてしまう。

大和にとって瑠衣は恩人から持ちかけられた断りにくい結婚相手で、自分が勤める事務所の未来のために結婚を決めたに違いない。

けれど誠実に向き合ってくれる大和に惹かれているのを、瑠衣は認めざるを得なかった。

（私、高城さんが好きだ……）

＊　＊　＊

八月になり、外に長時間いると命の危機さえ感じるほど暑い日が続いている。

瑠衣と大和は休みを合わせ、ふたりで婚姻届を提出した。その左手の薬指には、先日受け取りに行った揃いの指輪が嵌められている。

書類の不備もなく、あっさりと婚姻届が受理され、そのままいくつかの名義変更の手続きを済ませた。

今この瞬間から、瑠衣は〝如月瑠衣〟ではなく〝高城瑠衣〟となった。

「なんだか実感が湧きません」

「聞いてはいたけど、思った以上にあっさり受理されるものだな」

書類を受け取った男性職員は事務的に手続きを進めて、にこりともせずに『はい、これで大丈夫です』と言うだけだった。

瑠衣はそれを思い出して苦笑しながら頷くと、大和に向き直り小さく頭を下げた。

「改めて、これからよろしくお願いします」

「こちらこそ」

柔らかな眼差しで見つめられると、自然と頬が熱くなる。

「さて、これからどうする？　家に帰る前に実家に寄る？　入籍の報告をした方がいいかな」

「あ、いえ。もう必要なものはすべて運びましたし、先週挨拶にも来てくださったので十分です。私も昨夜と今朝、両親に改めて挨拶はしましたから」

入籍を控えた昨夜、早めに帰ってきてくれた英利と早番だった瑠衣、それから今までで一番のご馳走《ちそう》を作って待っていてくれた依子の三人で食卓を囲んだ。

『いよいよ瑠衣も嫁に行くのか』

『あっという間ね。ちょっと前に成人したと思ったら、もう結婚だなんて』

しみじみと呟く両親の会話を、瑠衣は微笑みながら聞いていた。

『あぁ。高城くん、いや、もう息子になるんだし大和くんか。彼が前向きに受け止めて話を進めてくれたからな。彼なら事務所はもちろん、瑠衣のことも任せられるさ。

まぁ、それにしてももう入籍なんて早すぎる気もするが』

『あら、英利さんが言い出した話じゃない』

『そうだが結婚はいずれという話で、今すぐにと思っていたわけじゃ』

『いいじゃない、おめでたいことなんだから』

嬉しそうに話す両親を見て、瑠衣はこの決断が間違っていなかったのだと後押しをされた気分だった。

両親が事務所のことだけでなく、瑠衣の幸せも考えてくれているとわかるからこそ、大和との結婚を決めたのだ。

病気が判明し、英利は『御剣《みつるぎ》総合病院』へ通院している。食事制限や薬剤治療を始めるにあたり、御剣総合病院の心臓血管外科に腕がいいと評判の医師がいると、大和が調べてくれた。

主治医の指示で塩分を控えた食事や毎日の体重測定、内服薬の服用などを行い、病状は安定しているようだ。

食事のあと、リビングのソファに場所を移し、瑠衣は考えていた言葉を口にした。

『改めて、お父さんお母さん、これまで育ててくれてありがとうございました。これからは、高城さんと夫婦としてやっていきます』

『瑠衣……』

結婚前夜の挨拶に涙ぐむ依子を見て、瑠衣ももらい泣きしてしまい、それ以上言葉が続かなかった。

それでも感謝の気持ちを伝えたくて、子供のようにぎゅっと抱きつくと、彼女もしっかりと抱き返してくれた。

『仕事と家庭の両立は大変だろうけど、瑠衣なら大丈夫。無理をせず、瑠衣らしく頑張るのよ』

『うん、ありがとう』

『身体には気をつけて。大和さんと仲良くね』

『うん。お母さんも。お父さんをよろしくね』

『瑠衣、お父さんにはハグはないのか』

『ふふ、英利さんは待ってて。今は私と瑠衣の時間です』

泣き笑いに包まれた如月家のリビングは、とても幸せな時間が流れていた。

その時を思い返すと、瑠衣はまた瞳が潤《うる》んでしまいそうになる。

何度かパチパチと瞬きを繰り返していると、大和がクスっと笑って瑠衣の手を取った。

「じゃあどこかで食べて帰ろうか、奥さん」

手を繋ぐ。そんな些細な触れ合いさえ入籍まで控えてくれていたのか、大和と手を繋ぐのは初めてだ。

ドキドキしながら握り返して隣を見上げると、大和が優しい眼差しでこちらを見つめている。

「はい、旦那様」

瑠衣もはにかみつつ微笑むと、心なしか大和の耳がほんのりと赤くなった気がした。

ふたりで食事をし、新居となる彼のマンションへ帰ってきた。

指輪を買った日にマンションのカードキーももらい、必要なものを少しずつ運び入れていたのと、瑠衣の部屋のものはほとんどが大和が新調してくれたので、特に荷ほどきなど大がかりな手間はない。

クローゼットには、指輪と同じ日に買った大量の服が収められていた。

何度か足を踏み入れているマンションだけれど、今日からここが我が家となるのだと思うと、なんとも言えない不思議な気分だ。

大和と一緒に選んだソファやダイニングテーブルが置かれたリビングダイニングは、

初めて訪れた時とはまるで違う印象で、同じ部屋とは思えないほどガラッと雰囲気が変わった。

ふたりで目指した温かみのある柔らかい雰囲気の空間にいると、じわじわと入籍したのだという実感が湧いてくる。

相変わらずソファ前のローテーブルに分厚い本が積み上がっているのが可笑しくて笑っていると、大和が声を掛けてきた。

「汗かいたし、まずはシャワーかな」

「そうですね。高城さん、お先にどうぞ」

「瑠衣、君ももう〝高城さん〟だよ？」

「あっ」

指摘されてようやく気付いた。夫となった人を、いつまでも他人行儀で呼ぶわけにいかない。

当初、大和は事務所を継ぐべく婿養子《むこようし》になる話もあったが、結局は瑠衣が高城姓となった。

「や、大和さん。お先にお風呂使ってくださいね」

名前を呼ぶだけで、急に新婚夫婦のような気分になる。

（いや、実際に新婚夫婦なんだけど。そうじゃなくて）

大和はなんとも思っていなそうなのに、自分だけが意識して照れているのが余計にはずかしい。終日空調システムが効いている部屋なのに、外にいた時よりも身体が熱い気がする。

「ありがとう。瑠衣は夏でもお湯を張る派？　俺はいつもシャワーだけなんだけど」

「私は湯船に浸かりますよ。その方が疲れが取れる気がして」

動揺を隠して他愛ない会話をしてからバスルームに向かう大和を見送り、瑠衣ははたと気付いた。

（今日がいわゆる〝初夜〟ってことになる、よね……？）

式は挙げていないが入籍を済ませて夫婦になったのだから、今夜が正真正銘の初夜だ。

この結婚の目的は、大和が事務所を継ぎ、如月の血を引く瑠衣との子供をもうけること。

初めてのデートで彼は言っていた。

『結婚するまで、ちゃんと我慢する。瑠衣は、それまでにゆっくり心の準備をしてくれたらいい』

あれから一ヶ月。トントン拍子に入籍に漕《こ》ぎ着け、ゆっくりとは言えない気もするが心の準備をする期間はあった。

二十分もかからないで出てきた大和と入れ替わりでバスルームに向かうと、広々とした浴室に足を踏み入れた。

（落ち着こう。いつかこういう日が来るってわかってたんだから）

大人ふたりが一緒に入れそうなほど大きな浴槽《よくそう》には白濁のお湯がたっぷりと張られ、いい香りが充満している。

大和はシャワー派だと言っていたし、きっと瑠衣のために用意してくれたのだろう。

（嬉しい。大和さんの優しさに触れるたび、どんどん好きになっていく）

いつもより丁寧に身を清め、しっかりと髪を乾かしてからリビングに向かうと、先程までの明るい昼白色のライティングではなく、柔らかなオレンジ色の照明に変わっていた。

L字型の大きなソファに座り本を読んでいた大和が、瑠衣に気付いて顔を上げる。

「おかえり」

黒のロングTシャツにスエット生地のパンツというラフな格好の大和が新鮮で、瑠衣は直視できずに小さく頷いた。

一方瑠衣はシンプルなワンピーススタイプのパジャマ姿。肌触りがよく、くるぶし丈のふんわりとしたデザインになっていて、パステルカラーのコスメ柄が着る人の可愛さを引き立てる。

化粧を落とし、部屋着で彼の前に出るのは初めてで、なにを着るべきか数日前からかなり悩んだ。

結局、無理をしても長く続かないという結論に至り、普段家で着ていたような形のパジャマをいくつか新調したのだった。

（大和さんのお風呂上がりの姿、なんか色っぽい……。私、今夜心臓もつかな？）

いつもスーツ姿の印象が強い大和の寛《くつろ》いでいる姿に瑠衣が胸をときめかせていると、いつの間にかグラス片手に近付いてきた大和に顔を覗き込まれた。

「顔が赤い。のぼせた？　ごめん、お湯の温度が高かった？」

「いいえ、大丈夫です。ありがとうございました、すっごくいい香りでした」

「そう？　ならいいけど」

瑠衣が頷くと、大和が首筋に鼻を当てる。

「ひゃっ」

「本当だ、いい香りがする」

突然の至近距離に真っ赤になった瑠衣を見て微笑むと、大和は奥のキッチンへ向かい冷蔵庫を開けた。

緊張しているのは瑠衣だけなのか、大和は至っていつも通りだ。瑠衣は胸に手を当てて、なんとか平常心を取り戻そうと大きく息を吐き出した。

「なに飲む？」

「大和さんはなにを飲まれるんですか？」

「先にビールもらってた」

「じゃあ、私も同じものを飲んでいいですか？」

「もちろん」

普段あまり家で飲むことはないが、このあとのことを考えると、多少アルコールが入っていた方が気持ちが楽になりそうだ。

グラスにビールを注いでもらい、ソファに戻った大和の隣に腰を下ろした。

「改めて、これからよろしく」

「はい。よろしくお願いします」

うすはりのグラスで飲むビールは香りや舌触りがよく、火照った身体に染み渡る。

緊張しているせいか、ビールの苦味をあまり感じなかった。

その後、ふたりとも言葉少なにグラスを空にすると、大和にいざなわれて寝室へ向かう。

大きなダブルベッドは元々彼が使用していたもので、フレームもマットレスも長身の彼に合うよう特注のもの。

シーツだけ新しくしてくれたようで、オフホワイトで柔らかい肌触りが心地よい。

そっとベッドに横たえられ、その上に大和が覆いかぶさってくる。

初めての角度で見上げた彼の表情は明かりの絞られた寝室では見えにくく、それでも瞳だけは瑠衣を捉えているのがわかった。

そっと額に唇が寄せられ、大きな手に耳ごと頬が包まれる。

「心の準備はできたか？」

ここにきてまだ瑠衣の心情を確認してくれる大和の優しさを感じ、瑠衣は恥じらいながらも頷いてみせた。

「優しくするし、大事に抱く。だけど、辛かったら必ず言って」

真剣な眼差しで告げられた言葉が嬉しくて、瑠衣は自分の頬を包む大和の手に自らの手を重ねた。

それが合図となったのか、大和は顔を寄せ、唇を啄《ついば》むようなキスを落とす。

何度も与えられる口づけの擽《くすぐ》ったさに瑠衣が吐息を零した瞬間、狙ったように小さく開いた口に舌が捩《ね》じ込まれた。

「ん、う……」

口腔内を探られ、大和の舌が逃げ腰だった瑠衣の舌を捉える。なだめるように擦り合わせ、そのうち大胆に絡められると、徐々に瑠衣の身体から無駄な力が抜けた。

うっとりと瞳を閉じてキスに夢中になっている間に、大和の熱い手が頬から首筋、肩へと移動し、器用に瑠衣の服を脱がせていく。

真新しい白い下着に大和の視線が釘付けになっている気配を、瑠衣の肌は敏感に感じ取った。

(今日のために下着を買ったって知られたら、気合入れすぎだって引かれるかもしれない)

大和の好みもわからないし、あまりに大胆な下着を選ぶ度胸もスタイルも持ち合わせていない。

それならば、初夜に相応しいのは花嫁のカラーなのではと、白い上下のセットを購入したのは二週間ほど前。

子供っぽく見えないよう、繊細なレースがあしらわれているデザインを選んだつもりだが、大和の目にはどう映っているのだろう。

そっと彼の表情を覗き見ようと目を開けると、普段の怜悧な眼差しとは違い、滾《たぎ》るような熱を孕んだ瞳でこちらを見下ろしていた。

「や、大和さん……あんまり見ないで」

「どうして。可愛すぎて、すぐに脱がすのが惜しいくらいだ」

懇願した瑠衣に対する大和の声は掠《かす》れていて、耳に触れる彼の吐息も熱い。

言葉通り下着を外さないまま、キスと愛撫《あいぶ》が再開された。

大和の指が下着のレース越しに肌に触れては離れていき、素肌の腹部や太ももを手のひらがゆっくりと這《は》い回る。

サイドの腰紐部分を引っ掻くようにずらしはしても、なかなか肝心な部分には触れてこない。

瑠衣はもどかしさに身を捩り、涙に潤んだ瞳で大和を見上げた。

「大和さん……」

どうしてほしいかなんて口には出せないけれど、瑠衣の表情を見た大和は滴るような色気を湛《たた》えて小さく微笑むと、自分の黒いシャツの裾に手をかけ、一気に首から引き抜いた。

背が高く細身なので着痩せして見えるが、鍛えているのか意外にも筋肉質で、腹筋は六つに割れているのが見える。

見事な体躯《たいく》を見せつけるようにして瑠衣の腰を跨《また》いで膝立ちしていた身体を倒し、再び覆いかぶさってくる。

「もったいないけど脱がすよ。瑠衣を全部見せて」

大事なプレゼントのラッピングを開けるかのように、身につけていたものを丁寧にすべて取り去られ、互いに素肌で抱きしめ合う。

散々焦《じ》らすように触れられていたせいか、身体の芯が熱く震え、彼から与えられる快感を待ちわびているのが自分でもわかった。

はしたないと思う間もなく、欲しがった以上の快楽を与えられ、瑠衣は何度も甘い声を上げた。

そしていよいよ大和とひとつになる時に、ピリッというパッケージの破れる音で、瑠衣は我に返った。

こちらに見えないように配慮して手早く済ませてくれているが、間違いない。

「あの、大和さん。避妊、するんですか……？」

瑠衣の頭の中ははてなマークでいっぱいになった。

この結婚はそもそも彼が事務所を継ぎ、瑠衣との跡継ぎをつくるためだ。

だからこうして身体を繋げるのは、子供を授かるための行為なはず。

そうじゃなければ、彼が好きでもない瑠衣を抱く意味がない。それなのに一体なぜ避妊具を使うのだろう。

「急に決まった結婚ですぐに妊娠してしまったら、瑠衣は困るだろ？　いずれ跡継ぎが必要だというのはわかってるけど、今日くらいそういうのは抜きにしよう」

「でも……」

「今日だけでいい。全部忘れて、俺のことだけを考えて」

言うが早いか熱い楔《くさび》に貫かれ、瑠衣は身体をしならせた。

久しぶりの行為に痛みも覚悟していたが、執拗《しつよう》なほど丹念な大和の手ほどきによって、少しの苦痛もなく彼を受け入れられた。

それどころか、今まで感じたことのない愉悦が瑠衣の体内に渦巻き、出口を求めてぐるぐると暴れ回っている。

縋りつくものが欲しくて逆手に枕やシーツを握りしめると、大和は律動を止めて瑠衣の手首を掴《つか》んだ。

「瑠衣。掴まるなら、俺にして」

その手を彼に回すように促され、汗ばんだ大きな背中にぎゅっと抱きつくと、耳元で「はぁっ……」と大和の悩ましげな吐息が聞こえた。

高ぶっている身体はそれにすら反応して、中にいる大和をキツく締めつけてしまう。

「……っく、悪い。動いていいか」

限界を訴えるような大和の声音が、切実に瑠衣だけを欲しがっているかのような錯《さっ》覚《かく》を起こさせる。

たとえ今だけだとしても、甘えてしまいたかった。

「はい。大和さんの好きなように……してください」

今日くらいは、彼と初めて結ばれたこの夜だけは、愛のない結婚だということも、跡継ぎをつくるために身体を重ねているということも忘れていい。

ただ大和の優しさに甘え、愛されているかのような情事に没頭してみたい。

自分の身体の一番奥深いところまで大和を引き込み、全身で彼を抱きしめる。

すると、大和が呻《うめ》くように息を吐き出した瞬間、一番深いと思っていたさらに奥まで彼が入り込んできた。

「あ、やぁ……っ！」

息が詰まるほどの衝撃に耐えきれず、思わず大きな声が出た。

「ったく……激しくしないよう、こっちが必死に理性で抑えてるっていうのに」

珍しく乱雑な口調の大和が大きく頭を振る姿は野生の獣を彷彿《ほうふつ》とさせ、思わず見惚れてしまう。

「瑠衣」

「大和、さん……」

「可愛い。ようやく俺のものになった」

やがてゆっくりと律動が再開され、優しく労るように瑠衣を抱きしめ、目元や頬に何度もキスを降らせる。

言葉通り理性を働かせているのか我武者羅《がむしゃら》な激しさはなく、瑠衣が反応を見せるところを用心深く探っていく。

愛撫と同様、焦らされているのかと思うほど甘やかで蕩けるような快楽を浴びせられ、ついに瑠衣の脳裏で光が弾けた。

しばらく呆然としたあと、力が入らなくなった身体を抱きしめてくれる大和の胸元に頬を寄せ、瑠衣は働かない頭で彼を想った。

英利への恩義ゆえにこの結婚を即決した大和は、瑠衣に対し特別な気持ちは持っていないだろう。

それは瑠衣も同じで、結婚を決めた時は彼に愛情を抱いていたわけじゃなかった。

それでもこの二ヶ月を一緒に過ごしてみて、彼がいかに誠実な人柄であるかが改めてわかったし、瑠衣はすでに大和への恋心を自覚している。

自分でもあっさり恋に落ちたものだと呆れているけれど、彼ほど素敵な男性ならば仕方がないとも思う。

今すぐでなくても構わない。いつか、努力を重ねて、両親のような仲のいい夫婦になれたなら。

互いに荒い息を整えながら寄り添い、髪を梳くように撫でてくれる大和となら、望みをもってもいいような気がした。

「辛くない？　平気？」

「大丈夫、です」

気怠《けだる》さはあるけれど、辛いところなんてひとつもない。それくらい、大事に丁寧に抱かれた。

大和に与えられる快感に翻弄されたせいか、直前に飲んだアルコールのせいか、徐々にまぶたが重たくなってきた。

「瑠衣？」

「緊張したけど、ちゃんとできてよかったです。新しい下着も、褒めてもらえてよかった……」

目を閉じながら思ったことをそのまま口にすると、頬を寄せている大和の身体がビクッと跳ねた気がした。

「……せっかく初日からがっつかないよう耐えたんだ。ここでも煽ってくるなんて反則だろ」

呻くような大和のぼやきも、もはや瑠衣には聞こえない。

優しく大きな手で撫でられる心地よさと、甘く怠い身体の疲れから、いつの間にか穏やかな眠りに落ちていった。

4. 幸せと小さな胸騒ぎ

大和との結婚生活は、驚くほど順調だった。

ずっと実家で暮らしてきた瑠衣は、大和とのふたり暮らしに多少不安を抱いていたものの、思っていた以上に快適に過ごしている。

料理は元々実家でもしていたので手間取ることもなく、職場に近くなったおかげで通勤も楽になった。

大和の大量の本さえ綺麗に収納してしまえば物が少ない分掃除も楽で、お掃除ロボットがご機嫌で動き回り、洗濯に至っては高層マンションということもあって外に干せないため、洗濯機が乾燥までしてくれる。

大和は整理整頓が苦手とは言っていたが、やたら散らかすわけではなく、仕事が立て込むと読んだ資料を片付けている暇もないというのが実情らしく、瑠衣がその都度片付けてしまえば問題ない。

守秘義務のある職業ゆえ瑠衣が触れてはならないものがあるのではと確認すると、基本的に直接仕事に関わる文書は事務所から持ち出さず、勉強や参考にしようと自発的に集めた資料しかないため、見られて困るものはないらしい。

大和が使っている書斎には大きな本棚があるため収納場所には事欠かない。

彼は申し訳なさそうにしているけれど、瑠衣は積み上がった本や資料の山を片付ける時間が好きだった。

何事も完璧にこなす大和の唯一のウィークポイントが整理整頓が苦手だなんて、年上の男性に相応しい言葉ではないけれど可愛いと思うし、それを補っているのが自分だと思うと、ちょっとした優越感すら覚える。

そして、大和は夫としてとても優秀だった。

食事を作った時や部屋の掃除をした時はもちろん、スーツをクリーニングに出しただけでもお礼を言ってくれるし、弁護士として忙しく働いているにもかかわらず、休日は積極的に家事をこなしてくれる。

忙しいのだから無理しなくていいと言っても、「ふたりの家なんだから、ふたりで家事をするのは当然」だと言って譲らない。

夫の鑑《かがみ》のような人だと思う。

夜は瑠衣が夜勤でない限り、ほぼ毎日のように求められた。

初めての夜と同様、優しく大切に触れられ、時に焦らすように丁寧に抱かれていれば、結婚のきっかけがどうであれ、大事にされているのだと感じられる。

入籍から一ヶ月過ぎた頃に避妊もやめた。すぐに授かるとは限らないし、瑠衣は今年二十五歳。子供を望むのに早すぎる年でもない。

ホテルの育休制度なども確認し、職場復帰もできると知ったので、瑠衣から大和に提案した。

『そんなに焦らなくてもいいんじゃないか？　瑠衣だって仕事が楽しいと言っていただろう？』

早く跡継ぎをつくらなくてはと焦る一方で、義務ではなく夫婦として愛し合いたいという思いが芽生え、大和に抱かれるたびに、愛されているのではと期待に胸がときめく。

父や事務所のために結婚を承諾してくれた大和のためにも、恋に一喜一憂していないで、早く子供を授からなくては。

『でも、この結婚は事務所の後継者のためですし……』

自分自身に言い聞かせるように言葉にすると、大和は眉間に皺《しわ》を寄せながらも頷いてくれた。

少しずつふたりの距離は縮まり、仕事の終わり時間が合えば一緒に帰宅してみたり、互いに言わなくても通じるルールなども少しずつできたりしてきた。

結婚を言い渡された当初感じていた不安が嘘のように幸せな毎日で、瑠衣の心は満たされている。

いずれ大和の子供を授かり、ふたりで大切に育てる未来が待っていると、信じて疑わなかった。

今日のシフトは中番で、終業時間は夜の十時。

少し前に仕事を終えた大和から【いつものところで待ってる】とメッセージが入っていたため、更衣室で着替え、軽くメイクを直すと、急いでホテルを出た。

都心に事務所を構えている如月法律事務所には駐車場もあるが、大和は基本電車で通勤している。

駅前で待っていた大和を見つけ駆け寄ると、彼は珍しくひとりではなかった。

「大和さん」

「あぁ、瑠衣。お疲れ様」

「はい、大和さんもお疲れ様です」

いつも通り甘く柔らかい笑顔で迎えられると、立ち仕事で溜まった疲労も吹っ飛ぶ心地がする。

いつ見てもうっとりするほどの大和の微笑みに見惚れていると、「彼女が噂の奥様ですか。早く紹介してくださいよ！」と彼の横に立っている男性が瑠衣に視線を向けたまま肘で大和を小突いた。

「どうしてお前に瑠衣を紹介しないといけないんだ」

「あっ酷い！　僕と先生の仲じゃないですかー」

「どんな仲だ。いいから早く帰れ」

ポンポンとじゃれ合うようなやり取りに親しさが垣間見える。大和を先生と呼んでいることから、きっと事務所の人間なのだろう。

百七十センチほどの身長に細身の体躯、ライトブラウンの短髪の彼は、大和に素っ気なくされてもにこにこと笑顔を崩さない。

瑠衣は珍しく砕けた雰囲気の大和を見られたのが嬉しくて、ついクスクスと笑ってしまった。

「ほらー、先生がいけずだから奥様に笑われてますよ」

「あっすみません、笑ったりして。はじめまして。つ、妻の瑠衣です」

自分を〝妻〟だと言うのが初めてで緊張してしまったが、彼は気付かずに自己紹介をしてくれる。

「お会いできて光栄です。僕は如月法律事務所でパラリーガルをしてる久保賢汰《くぼけんた》と言います。『クボケン』って気軽に呼んでくださいね」

「おい」

久保が瑠衣の手を取り、両手で包んでブンブンと上下に振って握手をするのを、眉間に皺を寄せた大和が咎《とが》めた。

「勝手に人の妻に触るな」

瑠衣の肩を抱いて自分に引き寄せる大和の言動に驚いていると、目の前の久保が噴き出すように笑った。

「冷静な高城先生も奥様には独占欲丸出しなんですね！　これは明日、早速事務所のみんなに報告しないと」

「余計なことを話さなくていい」

「いやいや話しますよ。だってどんな美人弁護士にも可愛いパラリーガルにも靡《なび》かなかった高城先生が、突然所長の娘さんと結婚したなんて聞いたら、そりゃあみんな気になってますから！　先生の結婚を知って、どれだけの女性が嘆《なげ》いているか」

身振り手振りしながら話す久保の言葉に、瑠衣は小さく反応した。

彼の口ぶりからして、大和は職場でとても人気があるらしい。

「所長のご自宅に行ったことのある先生方から、娘さんがとても可愛らしいって聞いて気になってたんですよ。やっとご挨拶できて嬉しいです」

やはり事務所の所長の娘と所属する弁護士の結婚となると、色々と憶測が飛んでいるのだろうか。

英利はまだ所内にも病気を公表しておらず、正式に大和を後継者として指名をしたわけではないと言っていたけれど、この結婚で周知の事実となったはずだ。

所長交代は早くとも二年程度はかかるそうで、英利は体調を見ながら仕事を続けており、少しずつ内々に引き継ぎなどを行っているらしい。

それが終わり次第、大和に所長の椅子を託すことになるが、その後もしばらくは二人三脚で事務所を運営していくようだ。

結婚については、瑠衣の存在が見えないがゆえに余計に好奇心を煽ってしまっているのかもしれない。

矢面に立つ大和が煩わしい思いをしていないといいのだけれど、と瑠衣は心配になった。

「正直、政略結婚みたいなものなんじゃって囁《ささや》かれてましたけど、この様子じゃそういうわけでもなさそうですね。先生、奥様にベタ惚れって感じですし」

怒涛の勢いで話す久保に圧倒されていると、大和が彼を無視し「行こう」と瑠衣を促した。

「人の結婚をどうこう言う暇があるなら、今週中に例の製薬会社四社の調査書を頼む」

「四社を今週中⁉　ちょっと待ってくださいよ、先生ー！」

大和は芝居掛かった悲痛な声を出す久保を放置し、地下鉄の改札に繋がる階段へ歩き出す。

慌てて振り返って小さく会釈をすると、久保はすぐににこにこと笑顔になって、姿が見えなくなるまで手を振ってくれた。

階段を下りきると、大和がため息交じりに口を開く。

「悪いな、騒がしくて」

「いえ。久保さんは大和さんについてるパラリーガルなんですか？」

「あぁ、あれでかなり優秀なんだ。経験も豊富だし、コミュニケーション能力も高い。二十代後半であれだけ動ける奴は他にいないな。静かで余計なことさえ言わなきゃもっといいんだけど」

「ああいう人がいると、職場が明るくて楽しくなりそうですね」

英利がよく実家に若手の弁護士を連れてくることはあったけれど、大和をはじめ、みんな真面目で落ち着いた雰囲気の人ばかりだった。

久保のようなズバ抜けて明るいタイプの人間と法律事務所は結びつかないが、百名を超えるスタッフを抱えているのだから、色んな人がいるのだろう。

それよりも気になったのは、久保の発言だ。

(美人な弁護士とか、可愛いパラリーガルに口説かれてたのかな。そりゃ、同じ職場にこんなにカッコいい男性がいれば、好きになっちゃうのもわかるけど……)

家に着くと、帰り道からだんまりになった瑠衣の顔を大和が不思議そうに覗き込む。

「瑠衣？ どうした？」

「あ、いえ。すみません、ちょっと考え事を」

そう濁したが、言葉数が少なくなった原因はシンプルに〝ヤキモチ〟だ。

職場にいる綺麗な女性たちに対し、胸の中に小さな嫉妬心《しっとしん》が芽生えたことに、瑠衣自身も驚いている。

結婚してまだ一ヶ月だというのに、もう独占欲があるだなんて。以前恋人がいた時だって、こんな気持ちになった記憶はない。

大和が浮ついた態度で仕事をしているとは思えないし、浮気するだなんて考えているわけでもない。けれど事務所で女性に囲まれている彼を想像すると、なんだか胸がモヤモヤする。

（そんなこと考えたって仕方がないってわかってるんだけど）

いつの間に、こんなにも大和を好きになっていたのだろう。

なにか大きなきっかけがあったわけではない。

日々一緒に過ごす中で、小さな〝好き〟が心に降り積もり、それがいつしか大きな愛に育っていた。

そんなふうに、ゆっくりと夫婦になっていくのが幸せで、いつか大和にも同じような気持ちになってほしいと思う。

だからといって職場の人間関係に口を出すつもりはないし、一緒に働く人の中には女性だっているのだから、些細なことでヤキモチを妬いていたら迷惑だろう。

まだ好きではない、名ばかりの妻からならばなおのこと。

瑠衣は俯いたまま、なにか話題を変えようと思考を巡らせたが、大和の方が少し早かった。

「久保が言ってたことを気にしてる？」

図星を差され、顔を上げた。

小さな嫉妬を見透かされたのだと思い、はずかしさに顔が熱くなる。

するとと、大和は大きくため息をつきながら言った。

「やっぱり。あいつが政略結婚だなんだって噂話があるように言ってたけど、そんな外野の声なんて気にしなくていい。これは俺と瑠衣の結婚なんだから、周りがどう言おうと関係ない」

「へ？」

思っていたのと違う指摘に、瑠衣の口から間抜けな声が漏れた。

「違った？ 久保が〝政略結婚〟なんて言うから、てっきりそれを気にしてるんだと思ったんだけど。あいつ、本当に余計なことしか言わないから。ちゃんと明日叱《しか》っておく」

瑠衣の脳裏に、大和から叱られてしょんぼりする久保の姿が浮かび、慌てて首を横に振った。

「いえ、違います！ そうじゃなくて、大和さんは美人な弁護士とか可愛いパラリーガルに迫られてたのかなって思ったら、なんだかこう、モヤモヤしちゃって……」

変に焦ったせいで言わなくてもいいことまで言ってしまい、瑠衣はハッと口を噤《つぐ》む。

失言を聞き逃すはずもなく、大和は瑠衣の顔を覗き込んできた。

「それ、職場の女性に嫉妬してるって聞こえる」

からかうというよりも真意を問いただすように見つめられ、瑠衣は真っ赤になってぎゅっと瞳を閉じた。

優秀な弁護士相手になにを言っても、きっと見透かされてしまう。

「……そこでそんな顔されると、勝手に肯定だと受け取りたくなるんだけど」

通常時よりも一段低い声音で問われ、今自分がどんな顔をしているのかと思考を巡らせるよりも先に、ぞくりとお腹の下辺りが重く震えた。

彼にそんなつもりはないだろうが、どこか女性を誘い、篭絡《ろうらく》させるような色気を含んだ低音の声質は、瑠衣の耳から身体中に染み込み甘く疼《うず》かせる。

自分の身体の変化に戸惑いを覚えると同時に、随分はしたない女になった気がして羞恥が湧き起こる。

「あの、大和さん」

「キスしたい」

そう言うが早いか、大和は瑠衣の承諾も拒絶も聞かずに唇を奪い、重ねるだけの口づけから、あっという間に舌を捩じ込んできた。

「ん……！」

いつものような優しく労るようなキスではなく、性急で荒々しく口内を犯すような口づけに、瑠衣の思考はあっという間に働かなくなる。

「ごめん。今日は余裕ない」

そのまま抱きかかえられ寝室に運ばれると、転がるようにベッドでもつれ合う。

「ふっ……く、ん……」

髪に指が差し込まれ、くしゃくしゃに乱されながらもキスは続いていて、角度を変える一瞬の隙間で必死に息継ぎをし、苦しさに喘《あえ》ぐ。

それでもやめてほしいと思わないのは、瑠衣が大和を好きだからという理由以外に、こうして強く求められるのが初めてで嬉しいから。

普段のように丁寧に抱かれるのも大切にされていると思えるけれど、どこかまだ大和には余裕がありそうに見えていた。

「瑠衣」

今の大和はなぜかいつもの大人で紳士な表情を崩し、眉間に皺を寄せて切羽詰まった顔をしている。

（大和さん、急にどうしちゃったんだろう。でも、余裕のない顔もカッコいい）

雄のにおいを感じるセクシーな雰囲気は、国際弁護士という肩書を持つ彼とは大きなギャップがあり、それを見ているのは妻である自分だけだという優越感に胸がこれ以上ないほど高鳴った。

余裕がないと宣言した通り、いつもよりも性急に瑠衣の中に押し入ってきたものの、痛みを感じることはなかったし、瑠衣に快感を与える手管を疎《おろそ》かにする真似はしなかった。

「あぁ、やばい。俺、今すごい舞い上がってる」

「んっ、あっ、な、なに……？」

「早く瑠衣も……俺の気持ちに追いついて。同じくらい、欲しがって」

ガツガツと激しさを増す律動とは裏腹に、頬や額、鼻先にまでキスの雨を降らせ、瑠衣は快感と擽ったさで身体を捩るしかできない。

頭の中までどろどろに蕩かされ、彼がなにを言っているのかすらわからなかった。

「や、ぁ……っん！　もう、だめ……」

「いいよ、瑠衣。めちゃくちゃ可愛い。俺も……もう限界」

目の前が真っ白になるまで高みに上らされ、それに一歩遅れて大和も瑠衣の胎内に熱い飛沫《ひまつ》を解き放った。

＊＊＊

冬の足音が近付き、少しずつ日が暮れるのが早くなってきた十一月。

アメリカで話題になっているというチョコレート菓子や、有名雑貨店の限定発売のボタニカル石鹸《せっけん》、高級コスメブランドのコフレなど、たくさんの土産とともに、大和が一週間にわたる海外出張から帰ってきた。

「あぁ、瑠衣の和食が沁《し》みるよ」

瑠衣お気に入りのオレンジ色のダイニングチェアに座り、箸を持つ手を止めないまま、大和がしみじみと呟く。

「二年向こうに留学してたし、アメリカの食事には慣れてると思ってました」

「ロスのロースクール時代は、勉強に対するのと同じ熱量で美味い日本食を出す店を探したよ。そうじゃないと、オーバーじゃなく毎食サンドイッチかハンバーガーかベーグルになる」

「今回の出張中はどうしたんですか？」

「……久保が『本場のハンバーガーを食べたい』とか『ここのBLTサンドを食べるまで帰れない』とかうるさくて。会食以外はほとんどがジャンキーな店で食べる羽目になった」

思い出してげんなりしたのか、眉間に皺を寄せて大きなため息をついた。

初対面を果たして以降、仕事帰りの待ち合わせ場所に何度か現れては邪険にされている久保の顔が浮かび、瑠衣は顔を綻ばせる。

今回の出張に行く際も、前日に『先生に金髪美女が寄ってきても、僕が一夜の間違いなんて起きないように見張ってますから！　奥様は安心してくださいね』と言い放ち、大和から冷たい視線を浴びていた。

「ふふっ、なんとなく想像できます。それなら和食を用意して正解でしたね」

「瑠衣が作ってくれた料理ならなんでも美味いよ。ありがとう」

さらっと嬉しいことを笑顔で言われ、瑠衣の鼓動が速まる。

ただでさえ一週間ぶりの大和にドキドキしているのに、これでは心臓がもちそうにない。

少し落ち着こうとテレビに視線を向けると、報道番組のアナウンサーが、アメリカの大手食品会社が日本の有名飲料メーカーに対するM＆Aに過去最高額で成功したと伝えている。

グループ会社すべての株式を買収し、子会社化する契約を締結。買収する関連会社は百を超えており、いかに巨額の取り引きだったのか、それを成し得た企業や取りまとめた代理人弁護士のすごさを、経済に詳しいコメンテーターが興奮気味に解説していた。

ふと正面に座る大和を見ると、彼もまた食事の手を止めてニュースに見入っていたが、瑠衣の視線に気付くと小さく微笑み、箸を動かし始めた。

「父や大和さんは、こういう案件を専門にしているんですよね」

弁護士といえば法廷で戦っているイメージが強いが、大和の専門は企業法務。中でもM&Aに多く携わっていると聞いている。

「まぁここまで大きい案件はそうそうないけどね」

大和は再びテレビに視線を移した。

法律事務所を営む家の娘でありながら、そういった知識がまったくない瑠衣は、テレビから流れてくる三兆を超える金額も株式の話も、なにひとつピンとこない。

恥を忍んで「M&Aってよく聞くんですけど、実はあまり意味がわかってなくて」と打ち明けると、大和は呆れることも笑うこともしないで教えてくれた。

「M&Aというのは合併と買収の頭文字を取ったもので、業務提携を含む企業戦略全般を言うんだ。株式譲渡や資本提携なんかを説明しだすと余計ややこしく感じるだろうから、簡単に言えば、現状のまま業務を維持していくのが難しい企業を、他の企業が買い取るシステムと捉えるのがわかりやすいかな」

「えっと、言葉が悪いけど、会社の身売り的なことですか？　でも今のニュースだと、どちらも大企業ですよね」

「そうだな。業績がいい会社でも後継者がいなかったり、買い取る側の企業がコストをかけずに新規事業に参入したりしたい時なんかにはよく用いられる手法なんだ。今のニュースの案件は後者に近い。できる限りウィンウィンの関係で契約締結に持っていくのが俺たちの仕事だ」

「なるほど」

夫がどういった仕事をしているのかを知らないままではいけない気がして、瑠衣は頷きながら大和の話に耳を傾ける。

さらに大和は瑠衣に今回の海外出張の目的を、守秘義務に抵触しないよう詳しい内容や固有名詞を出さずに説明してくれた。

M&Aコンサルタントの依頼を受けたあるIT企業の譲渡先を検討するにあたり、候補から絞った二社の担当者と実際に会って面談や交渉の前段階の調整などをしていたらしい。

「難しそうで、大変なお仕事ですね」

先程のニュースほどではないにしろ、会社の買収となればとても大きな金額が動くに違いない。

その重圧を背負いながら相手と交渉し、依頼人にとって有益な取り引きを成立させなくてはならないのだ。

ありきたりな言葉しか出てこない自分に呆れてしまうが、大和が気分を害した様子はない。

むしろ瑠衣の労《ねぎら》いの籠もった言葉に嬉しそうに微笑んだ。

「その分やり甲斐はあるよ。先生には到底及ばないけど」

「そんな。父も大和さんの優秀さを頼りにしていると思います」

だからこそ、まだ若い大和に事務所の未来を託すと決めたのだ。

「そうだな。先生の期待に応えられるように頑張らないと。あ、あと悪い。来週、もう一度出張が入りそうなんだ。先方がどうしても対面がいいと譲らなくて」

「もう一度って、アメリカに？」

「あぁ、次はカリフォルニア州でも、ロスじゃなくてサンディエゴだけど」

「忙しいですね。身体が心配です」

「ありがとう。短期間に立て続けて海外出張が入ったからそう見えるけど、実際はそこまでじゃないから大丈夫」

瑠衣は頼もしい彼を眩しい思いで見つめていると、ふと過去の記憶を脳裏に呼び起こされた。

あれはたしか、大和が留学先のロサンゼルスから帰国したお祝いをした時だった。

『アメリカはどうでしたか？　弁護士さんはただでさえ難しい用語が多そうなのに、それを英語でこなせるなんて尊敬しかないです。やっぱり、いずれは向こうで活躍したいですか？』

『うーん、そうだな。機会があれば。やり甲斐はあったよ。とにかくスケールの大きな案件が多いし、日本とじゃ弁護士の仕事の幅もかなり違ったし』

大和の過去の言葉を思い出し、ぞわりと瑠衣の心が嫌な感じに波打つ。

三年前に感じた一抹の寂しさが、今は不安を伴って胸の中に広がっていく。

（あの時も、大和さんはいずれアメリカに行きたいんだろうなって感じたんだった。じゃあ今は……？）

報道番組はいまだに過去最高額のM&Aの話題を取り上げていて、大和も食事をしながらテレビに時折視線を向ける。

（自分が専門とするM&Aの大きなニュースを聞いて、大和さんはどう思うんだろう。もしかしたら、自分もこんな案件を持ってみたいって思うのかな）

カリフォルニア州の弁護士資格を持っている大和ならば、希望すればそれが叶う。海外を拠点にすれば、今回のように短期間で八千六百キロもの距離を行ったり来たりする必要もない。

瑠衣は心の中の動揺を悟らせないよう、番組を見ている大和に話を振った。

「こんな風に大きい案件だと、やり甲斐も一層大きいでしょうね」

努めて普段通りの声で聞いたつもりだったが、思った以上に硬く冷たい声音になってしまい、瑠衣は慌てて微笑みを貼りつけた。

「あっあの、この案件に携わったのがM&A専門の弁護士チームだって解説してたから興味あるのかなって。すごくないですか？　三兆ってもう国家予算みたいな額ですね」

取り繕うように捲《まく》し立てる瑠衣に、アナウンサーが説明している弁護士チームの詳細を見た大和が指差して教えてくれた。

「俺が以前働いていた事務所のチームだ。この代表弁護士のロビンがM&Aのスペシャリストみたいな人で、同じチームだったから近くで色々勉強させてもらったよ」

「えっ！　大和さん、この人たちと働いてたってことですか？」

「四年も前の話だけどね」

「すごい……」

経済専門の有識者がこぞって絶賛する弁護士チームの一員だったなんて、彼はどれほど優秀なのだろう。

瑠衣の心の中に広がった不安が、徐々に大きく黒く渦巻いていく。

（大和さんは父の望みを叶えたいと言って事務所を継ぐのを決めたけど、本当に躊躇いはなかったのかな）

かつて同じチームで働いていたメンバーのニュースで取り上げられるほどの仕事ぶりを目の当たりにして、自分も同じように活躍したいと思っても不思議ではない。

彼にはそれを実現させるだけの実力があるのだから。

「……いつかまた、アメリカで彼らと一緒に働きたいですか？」

聞いてどうするというのだろう。

大和はすでに英利に事務所を継ぐと同意し、瑠衣と結婚もしている。

案の定、彼は普段通りにこやかに答えた。

「いや。確かにすごい案件だけど、興味はないな。今は瑠衣がいるし、こっちには守るべきものがあるから」

まるで愛しいものを見るかのような瞳で見つめられ、嬉しいはずなのに心が引き攣《つ》れたように痛む。

大和は誠実で真っすぐな人だ。きっと本心からそう思ってくれている。それは疑っていない。

結婚を決めて約五ヶ月経つが、一緒にいればいるほど惹かれていくし、少なからず彼も瑠衣に好意を寄せてくれているとは思う。

それは恋ではなく、限りなく家族愛に近い感情かもしれないけれど、夫婦として穏やかに過ごしてきた。

だけど、この結婚は父である英利の病気が発覚したからこそ。それがなければ、大和はいずれアメリカに渡っていたのではないだろうか。

子供をつくるという条件の結婚だったにもかかわらず、彼は当初避妊していた。

それは瑠衣のことを慮《おもんぱか》ってくれていたからなのだが、もしかしたら大和本人にもまだ迷いがあったからかもしれない。

（避妊をやめようって提案した時、少し戸惑っていた気がする。もしかして、子供をつくるのを躊躇《ちゅうちょ》してる……？）

避妊をやめてから、二度生理がきた。

すぐに妊娠できると思っていたわけではないけれど、なんだかがっかりしてしまって自分でも驚いた。

もしもこの先、事務所を継ぐ予定の大和と瑠衣の間に子供ができなければ、英利はどう考えるだろう。

（私との結婚で事務所の後継者をつくるという足枷《あしかせ》がなくなれば、大和さんはアメリカで活躍する未来を選択肢に加えられる）

父の事務所と自らの存在を〝足枷〟と考え、ずんと気分が落ち込む。

決して大和がそう考えているわけではない。

彼は瑠衣をこの上なく大事にしてくれているし、父が大和を頼りにしているのも事実。瑠衣だって大和を失いたくない。

けれど大和を想うからこそ、優秀な彼の行く先を狭めてはいけないのではないか。

結婚の提案に頷いた頃は考えが及ばなかったけれど、彼を好きになった今、事務所を継ぐというのは大和の未来の可能性を潰しているのではという懸念に苛《さいな》まれ始めていた。

「ねぇ、如月法律事務所への行き方ってわかるかしら？」

外出のため鍵を預けに来た宿泊客から、馴染みのある場所への行き方を問われ、瑠衣は驚きに一瞬息をのんだ。

首都の中心にあるこのホテルアナスタシアは、日本人はもちろん、海外からの観光客や仕事で滞在するビジネスマンも多く利用する。

それゆえフロントに目的地への行き方を尋ねてくる客は少なくないが、父の経営する法律事務所の名前が飛び出してくるのは勤めて三年目で初めての経験だった。

鍵に記載してある部屋番号と宿泊者名簿を手早く照らし合わせ、目の前の女性客の名が井口《いぐち》沙良《さら》だと確認する。

スラリとした長身に小顔で鮮やかなレッドブラウンのショートヘアがクールな印象の美人で、ざっくりとした黒のニットに細身のパンツスタイルがとてもよく似合っている。

カジュアルになりそうな装いを、足元の高ヒールのパンプスと大ぶりなピアス、手にしているひと目で高級ブランドのものだとわかるショルダーバッグで格上げし、なにより自信に満ち溢れた彼女の雰囲気で、ラグジュアリーホテルに相応しい佇まいだ。

「井口様、如月法律事務所への行き方でございますね」

瑠衣は驚いた感情を表に出さぬよう、地下鉄の場所から駅名、出口の番号、そこから徒歩二分で着く旨を口頭で説明しながら、周辺の地図も手渡した。

「タクシーも手配できますが、いかが致しますか？」

「いいえ、久しぶりの日本なの。せっかくなら車に乗らずに堪能したいわ」

久しぶりの日本で法律事務所？と疑問はあったが、もちろん顔には出さない。目の前の沙良は笑顔で前髪を掻き上げながら話を続けた。

「それに、ゆっくり歩きたい気分なの。忘れられない人に会いに来たんだけど、驚かせたくて内緒で来ちゃったから少しドキドキしてて。あぁ、ついでにこの辺りで雰囲気のいいレストランも教えてもらえる？」

「かしこまりました」

彼女のような美人にも忘れられない昔の恋人がいるのだろうかと頭の隅で思いながら、ホテル内のレストランと、近隣の店をいくつかピックアップしてジャンル別に伝えた。こういう時、大和に連れていってもらったレストランでの経験が役に立つ。

仕事中だというのに、一昨日サンディエゴから帰国した時の大和の優しげな微笑みがよぎった。

本来ならば先週帰ってくる予定だったが、滞在中に新たな案件が舞い込み、出張が長引いてしまったらしい。

【長い間家を空けてごめん。変わりはない？　なるべく早く帰るから】というメッセージが送られてきたが、瑠衣は会えない寂しさよりも、やはり自分の存在が大和の仕事の邪魔をしているのではという不安に胸が軋《きし》んだ。

【大丈夫です。気にせずにお仕事頑張ってください】

そう返信したものの、どれだけ大和の心を軽くできただろう。

もやもやした思いで帰国した大和を出迎えたが、彼は「やっと帰ってこられた」と靴も脱がずに瑠衣を抱きしめた。

突然の抱擁にドキドキして、その時ばかりは不安な気持ちは吹き飛び、自らも彼の背中に腕を回した。

大和の体温すら蘇ってきそうで、回想に浸っていた頭を慌てて小さく振る。

「ありがとう。さすがおもてなしの国ね」

沙良が感心したように微笑んだ。

フロント業務でやり甲斐を感じるのは、こうして案内した客から感謝の言葉を直接聞ける時だ。

まだまだ理想とするホテルマンには届かないけれど、日々心を込めてホテルを訪れた人々にもてなしを提供したいと努力している。

デキる女を具現化したような沙良に褒められ、瑠衣は嬉しさを隠しきれずに頬を緩めた。

「恐れ入ります。今の季節ですと表通りのイルミネーションも綺麗なので、お食事のあとなどに少し歩かれるのもいいかと思います。お相手様と素敵な時間をお過ごしいただくお手伝いができましたら幸いです」

「いいわね、東京のイルミネーションは気合が入ってるって聞くわ。ヤマトは仕事しか頭にない堅物だけど、あなたに教えてもらったお店とクリスマスムード満点のイルミネーションで、いい雰囲気に持ち込めるよう頑張るわ」

もう一度「ありがとう」と礼を言い、ヒールの音を響かせて立ち去る沙良の背中を見送りながら、本来なら「いってらっしゃいませ」と頭を下げるべき所で棒立ちになってしまう。

（今……〝ヤマト〟って言った？）

夫と同じ名前を聞き、瑠衣の心臓がドキンと嫌な音を立てる。

沙良は如月法律事務所へ忘れられない人に会いに行くと言っていた。

彼女の口ぶりから、きっと昔の恋人だろうと察せられたが、特に深くは考えずに事務所への道順を案内し、近くの美味しくて雰囲気のいいレストランも紹介したし、サプライズがうまくいくといいと思って送り出した。

しかしその相手が〝ヤマト〟という名だとしたら、すんなりのみ込むわけにはいかない。

嫌な汗がじわりと滲み、固く口を引き結びながら、彼女との会話を初めから思い返す。

(井口様、久しぶりの日本だって仰っていた。海外に住まわれている?)

フロントのパソコンで表示されている宿泊者名簿の住所の欄には、アメリカのカリフォルニア州と記載されていた。

(たしか大和さんが留学していたのも、カリフォルニアのロサンゼルスだったはず)

さらに職業欄には〝lawyer〟とある。

(大和さんと同じ弁護士……)

カリフォルニア州は日本列島がちょうどすっぽり入るほど広大で、同じ職業だからといって知り合いとは限らない。

しかし如月法律事務所に〝ヤマト〟と名のつく人物がふたりも三人もいるとは考えにくい。

予約欄を見ると、タワー館のスーペリアルームに二十日間の連泊とある。

彼女はきっと大和に会いに来たのだ。彼を忘れられず、はるばる遠く離れたアメリカから。

（もしかして、彼をロスへ呼び戻しに……？）

このところ頭から離れない懸念が、じわじわと大きくなっていく。

（やっぱり、大和さんは海外へ行くべき人なのかもしれない）

以前働いていた事務所は報道番組のニュースでも取り上げられるほど優秀な人材が集まっていて、大和もたくさん学ばせてもらったと話していた。

最近ではアメリカ出張に加え、よく電話口でも英語でやり取りをしているのを耳にする。

もしも彼が本当はいずれアメリカへ戻りたいと考えていたのだとしたら、瑠衣はどうしたらいいのだろう。

英利への恩義で成立したこの結婚を、大和から解消しようと言い出す確率はゼロに等しい。

瑠衣の脳裏に〝経口避妊薬〟の文字が浮かぶ。

（一年経っても妊娠しなければ、お父さんだってなにか考えるかもしれない）

事務所の安泰を喜び、跡継ぎである孫を心待ちにしているであろう父と、夜毎抱いてくれる大和の努力を無にしてしまうことに対する罪悪感はあるが、彼の将来を思えば今妊娠するのは大和の未来のためによくない気がする。

瑠衣は今立っているのが職場のフロントである事も忘れ、ざらりとした嫌な予感に顔を顰《しか》めた。

5．プロポーズの裏側《大和Ｓｉｄｅ》

『まずはこちらを』

真っ白なミーティングテーブルの上に一枚の書類を滑らせる。

大和の向かいに座っているのは、担当する案件の買い手側にあたるカリフォルニア州サンディエゴにある製薬会社の法務担当者が二名、企業から依頼された税理士、そして顧問弁護士の四名。いずれもアメリカ人男性で、総じて大和よりも二十は年嵩《としかさ》だ。

一方、譲渡側の大和は彼とパラリーガルの久保のみ。

そんな状況下にも臆せず、大和が流暢な英語で提示したのは、こちらの理想的条件。

M＆Aにおいて、まず重要なのはアンカリングだ。交渉の初期段階で理想的な条件や金額を提示する。そこから交渉に入り、多少譲歩することで相手に〝互いに譲り合った〟と印象付けるのが狙いだ。

日本人であることや、年齢が若いことなどで交渉が不利になる事態は避けたいので、先手を打って面談をリードしていく。

名の知れないＩＴ企業ゆえ、相手から提示された金額はかなり低い。

それでも日本で綿密に行ったデューデリジェンスに基づき細かな条件を提示し、信頼関係を築くために誤魔化しなしで勝負した。

相手が求める技術、日本企業ならではの着眼点や特異性など、アメリカのＩＴ企業では得られない価値を流暢な英語でプレゼンする。

その結果、ほぼ希望通りの条件が通りそうな手応えを感じ、面談を終えることができた。

『ヤマト、君は日本人とは思えないほど強《したた》かな男だな』

『恐れ入ります』

今後、最終合意に向けての契約書のやり取りは主にメールやリモートとなるため、こうして対面で話ができたのは有意義だった。

ちらりと腕時計を確認すると、予定通りの飛行機に乗れそうで安堵する。同じことを思ったのか、隣の久保も同じように時計を見て大きく頷いた。

そのまま挨拶を終えて部屋から出ようとしたところに、顧問弁護士であるブラウンから声を掛けられた。

『君は若いのに随分優秀だ。いずれこっちで働く気はないのかい？　よかったらいくつか事務所を紹介しよう』

ありがたいことに前回のロサンゼルス出張の際にも、いくつかの企業から声を掛けてもらったが、大和にアメリカで働く気は一切ない。

『ありがとうございます。でも、私はいずれ今いる事務所を背負う立場ですし、妻が日本にいますので』

低姿勢で断ると、ブラウンは大きなお腹を揺すりながら鷹揚《おうよう》に笑った。

『そうか、家族は大切にしないとな。余計なことを言ったね』

『いえ、高名なブラウン先生にそう言っていただけるのは光栄です』

事前資料で彼の経歴は知っていた。

ロースクールで教鞭《きょうべん》を執《と》るほどの人物で、カリフォルニア州、ニューヨーク州の他、六つの州の弁護士資格を所有しており、セミナーを開き、国際法に関する書籍なども出版している。

以前大和が世話になったロサンゼルスの事務所所長のロビンと二大巨頭的な存在だ。

『時間はあるかい？　担当している別の企業が今度日本進出を考えているんだ。色々話を聞かせてくれないか』

本来なら二時間後の飛行機に搭乗予定だが、ブラウンと議論を交わせる機会などまたとない。

一瞬、日本で待っている瑠衣の顔が脳裏に浮かんだが、これも仕事のうちだ。すぐに頭を切り替えて、笑顔で了承する。

『もちろんです、喜んで』

予約していた飛行機はキャンセルするよう久保に頼む。

「久保は予定通りの便で戻ってくれ。今日の面談を元に、株式と事業譲渡の契約書の草案をまとめておいてほしい」

「了解です！　やっと帰国して奥様に会えると思ってたのに、残念でしたねぇ」

ニヤニヤしている久保をひと睨《にら》みして送り出したが、確かに残念に思っている自分に苦笑し、慌てて気を引きしめたのだった。

【休暇で日本に来ているの。少し会えない？】

そのメッセージが届いたのは、サンディエゴから帰国して二日後。結局あれからブラウンに連日連れ回され、予定より三日も長く滞在することになった。

メッセージの送り主は、留学中に同じ職場で働いていた弁護士の井口沙良という女性。

幼い頃からアメリカに住んでいたらしい彼女は、優秀だが仕事同様恋愛にも欧米人のような積極性があり、職場でも大和に好意があるのを隠しもしなかった。

一途なのかと言えばそうでもなく自由恋愛主義で、男と揉《も》めたという話を聞いたのも一度や二度ではない。

沙良に対して女性としての興味が微塵《みじん》もない大和にとって、アメリカにいた頃から仕事以外ではあまり関わりたくないというのが本音だ。

帰国して一年ほどは【いつ戻ってくるの？　みんな待ってるわ】などとしつこくメッセージが来ていたが、一度【悪いが戻る気はない】とシンプルに返信をして以来、大和は彼女から何度連絡が来てもまともに取り合っていなかった。

すると諦めたのか、ここ最近はまったく音沙汰《おとさた》なし。

久しぶりに送られてきたメッセージにも同様に返事をしないでやり過ごしていると、彼女は突然職場にやってきた。

長かった髪をバッサリ短く切っていて最初は誰だかわからなかったが、話しぶりでようやく記憶の引き出しから探り当てた。

「『ＪＳ飲料』のＭ＆Ａのニュースは見た？　うちの案件よ。早くこっちに戻るべきだって大和もわかったでしょう？」

自信に満ち溢れ、己の意見が正しいと疑わない沙良の口調は、仕事上は優位に働くかもしれないが、プライベートで向けられると不快感を覚える。

それでなくとも、こうして終業時間を狙って職場に来られたとあっては、頭が痛いことこの上ない。

如月法律事務所は、都心の一等地にある巨大な複合施設の四階から八階にオフィスがあり、コミュニケーションが取りやすいよう開けた造りになっている。

大きな窓からは自然豊かな皇居が一望でき、事務所内には執務室や会議室の他に、図書室やカフェスペースなども完備されている。

大和は沙良とふたりきりになるのを避けるため所内のカフェに案内したが、彼女の声の大きさに周囲の目が集まり居心地が悪い。

(こうして職場まで来られてしまう前に、メッセージで対処しておくべきだったか)

面倒だと放っておいたのが仇《あだ》となった。帰国して四年近く経っているのだ。まさか、まだ自分に執着しているとは思わなかった。

「ニュースは見た。だが特に思うことはない。君は『こっちに戻るべき』だと言うが、元々俺のいる場所はここだ」

瑠衣と揃いの指輪をした左手でコーヒーカップを持つと、それに気付いた沙良が真っ赤なリップを引いた唇の端を引き攣らせた。

「その指輪……結婚したの？」

「あぁ」

「そんな……結婚したから日本に留まるってこと？　あなたほど優秀な弁護士なら、向こうでだって十分通用するのに」

結婚の事実を言葉少なに肯定し、万が一にもまだ自分に執着するようならば諦めてもらおうとしたところで、賑《にぎ》やかな声が割り込んできた。

「ちょっとちょっと！　高城先生はうちの所長の娘さんとご結婚されて、いずれこの事務所を継ぐ方なんですから。引き抜きは困りますよ！」

大和と沙良の会話が聞こえていたらしい久保が、余計な情報まで喋りながら沙良に忠告する。

「確かに先生は優秀ですけど、あの可愛らしい奥様がいらっしゃる以上、どれだけ魅力的な条件で引き抜こうとしたところで、先生はここを去らないと思いますよ。だって――」

「久保」

止めなければいつまでもぺらぺら喋り続けそうな久保を制し、彼の手にある書類に視線を向けた。

「それは？」

「あっ、そうです。頼まれていた資料をお渡ししたくて探してたんでした」

てへっと肩を竦める久保を冷めた目で見ながら書類の束を受け取ると、大和は沙良に淡々と告げた。

「俺がアメリカに行ったのは、あくまで事業のグローバル化を図る企業にも対応できる力をつけたかったからだ。そもそも向こうで働く気はない。用件がそれだけなら、俺はこれで失礼する。元気で」

「ちょっと待ってよ。せめて食事しながら話を――」

「悪いが、妻が家で食事を用意して待ってるんだ」

一切表情を変えずに返し、そのまま振り返らずにカフェを後にした。

大和は執務室に戻り、先程久保から受け取った資料に目を通す。

現在手がけているのは、『ＡＩ《エーアイ》 Ｍｉｎｄ《マインド》』という小さなＩＴ企業のＭ＆Ａ。

社長の佐藤孝宏《さとうたかひろ》は会社を大きくするため買い手側としてＭ＆Ａを検討していたが、大和はコツコツ伸ばした業績や優秀なエンジニア揃いの会社に将来性を感じ、逆にもっと大手の企業に譲渡するのはどうかと提案した。

『発想の転換こそ、物事をうまく運ぶ秘訣だ』というのは、大和が尊敬する英利の口癖だ。

人生において彼の座右の銘になっているらしいが、弁護士としての心持ちにも共通しているように思う。

繰り返し聞いた彼の言葉は大和の胸の奥に刻まれ、仕事に詰まると必ず思い出す。

今回の案件でも頭をよぎった。

資金力がそこまでない中で安易に小さなＩＴ企業を抱き込むよりも、他業種でも大手と手を組んだほうが伸びると判断したのだ。

目をつけたのは国内の企業ではなく、アメリカの大手製薬会社『Ａｄａｍ《アダム》』。

近年、ＡＩによる新薬の開発が本格化し、多くの製薬会社が優秀なＡＩエンジニアを求めている。その需要を逃す手はない。

佐藤は自身の会社を売却することに最初こそ戸惑いを見せていたが、大和の丁寧な説明で今後のビジョンが描けたようで、譲渡側としてＭ＆Ａをする決断を下した。

情報漏洩《ろうえい》のリスクも考えながら慎重に事を運ばなくてはならず、開示された資料をもとに条件の調整や交渉が行われる。他にもいくつか候補の企業があったが、先日の出張で手応えを感じたため、徐々に話を詰めている段階だ。

社長の佐藤は大和よりも六つ年下だが、自社への愛情や誇り、社員への責任感は尊敬に値する魅力的な人物で、何度か面談もしたが人柄もよい好青年だった。

しかし、いくつか不安な面もあるようで、何度も打ち合わせを重ねている。

自社の売却となると慎重になるのは当然なので、大和も時間の許す限り彼の話を聞き、なんとしてもいい条件で締結できるよう手を尽くそうと、日夜奔走している。


いくつか仕事をこなし帰宅すると、玄関の開く音に気付いた瑠衣が玄関まで出迎えに来てくれた。

「おかえりなさい」

「ただいま」

こうして出迎えられるたび、その日一日の疲れが吹き飛ぶほど癒やされると感じる。

ありきたりな新婚家庭のひとコマだが、大和にとっては誰かが自宅で自分を待っていてくれるというのは新鮮で、心に平穏をもたらしてくれるのだ。

「あの、もしかして……ご飯って食べてきましたか？」

「いや、まだだけど。ごめん、そんなに遅かった？」

大和は時計を確認したが、そこまでいつもと変わらない時刻だった。

首をかしげると、瑠衣はどこかホッとしたような柔らかな笑顔を浮かべながら胸に手を当てる。

「いえ、ならいいんです。もうご飯できてますが、先にお風呂にしますか？」

きっと彼女は無意識だろうが、いかにも新妻といったセリフに頬が緩みそうになる。

（ここで「それよりも瑠衣がいい」と言えば、どんな顔を見せてくれるかな）

きっと実年齢よりも幼い顔を真っ赤にして俯いてしまうのだろう。

想像だけで滾りそうになる自身を戒めるために「先に風呂にしようかな」と平静を装って自室へ向かいながら、後をついてくる瑠衣を振り返って尋ねる。

「瑠衣は夕飯は済ませたの？」

「あ、せっかくなら一緒に食べたいなって思って」

えへへ、と照れくさそうに微笑む妻があまりにも可愛くて、大和は片手で顔を覆った。

大和の両親は昔から互いに愛人がいるような冷めた夫婦で、顔を合わせればケンカしていた。ようやく離婚した時はホッとしたのと同時に、自分の存在くらいではふたりの仲を元に戻すことはできないんだと虚《むな》しくも感じた。

だから幼い頃から結婚に夢を持てなかったし、いつか子供が欲しいと思ったこともない。

温かい家庭というものを知らずに育った大和にとって、瑠衣と過ごす時間はなによりもかけがえのない大切なものだ。

冷え切った関係の両親の元で育った大和とは違い、愛されて育ったであろう邪気のない笑顔がなにより魅力的な瑠衣は、出会った頃から癒やされる存在だった。

それがこうして結婚し、今では愛しくて仕方がない存在になるのは、きっと必然だったのだと思う。

「瑠衣」

「あ、でも大丈夫ですよ。先にお風呂に入ってきてくださいね」

「風呂も夕飯もあとでいい」

せっかく想像だけで堪えていたはずのシチュエーションを実行したくなるほど、可愛く健気な瑠衣が悪いのだ。

「先に瑠衣がいい」

「え……っ」

案の定、真っ赤になってなにも言えなくなる彼女にどうにも堪《たま》らなくなり、大和はそのまま瑠衣を横抱きにして寝室に向かう。

「きゃっ、大和さんっ？」

「食べずに待っててくれたのにごめん。でも可愛い瑠衣が悪い」

驚いて首に抱きついてきたのに気をよくし、そのままベッドに横たえて自らも乗り上げた。

頬や額にキスを落とすと、はずかしさに瞳が潤み始める瑠衣の愛らしさにクラクラする。

彼女を意識し出したのはいつからだっただろう。

瑠衣の父、如月英利と出会ったのは大和が高校三年の頃。

金だけ振り込んで親としての義務を果たし終えたつもりでいる離婚した両親や、ルックスと有名私立高校に在学しているというだけで大和に言い寄ってくる多数の女性たちに辟易《へきえき》していた時だった。

『無意味に時間を無駄にするくらいなら、暇つぶしに司法試験でも受けてみたらどうだい』

初めて会った人物に突然校内で声を掛けられ、当然意味がわからずその場では無視をした。

当時の大和はなにに対しても興味が持てず、無気力だった。授業や学校行事はさほりがちで、かといって他に行きたいところも遊びたい欲もなく、その日も校舎の裏手にある中庭でただ時間を潰していた。

あとになって英利に聞いた話だが、当時の担任から大和の家庭環境や、優秀であるのに努力するのをやめてしまった気がかりな生徒であると聞いていたらしい。

英利により、さぼる気だった特別講義を強引に聞かされ、登壇した彼が語った『時間は有限で知識は武器になる』という言葉に、これから先の人生の指標をもらった気分だった。

有名な如月法律事務所の弁護士だと知り、彼の下で働いてみたいと強く思い法学部に進んでひたすら勉強に打ち込んだ大和は、大学二年のうちに予備試験をパスし、翌年の夏に司法試験に合格した。

学生向けではなく、予備試験を突破した人向けのインターンシップに応募したのは、フラフラしたガキだった自分が変わったところを英利に見てほしかったからだ。

今思えば、父親に褒めてほしい子供のような感情だったと苦笑してしまう。

英利は大和の期待通り努力を認めてくれ、目をかけてくれた。今の自分があるのは間違いなく彼のおかげだと断言できる。血の繋がった父親以上に、父親らしい存在だ。

何度も家に招かれるうちに娘の瑠衣とも顔見知りになったが、六つも年下の女の子相手になにを話したらいいのか、自分の周囲にいる女たちとはまるで違う制服姿の瑠衣に当初は戸惑いがあった。

あまり親しく話した記憶はないが、彼女のそばは居心地がいいことに気が付く。計算や打算が一切なく、感情がすべて正直に顔に出る。中学三年生という多感な時期にもかかわらず、家族と仲がいいのも印象的だった。

昔の瑠衣に対する感情は、例えるなら妹に対する気持ちに近かったのかもしれない。大和が理想と感じる仲のいい家庭で育った、可愛くて守ってやりたい年下の女の子。

尊敬する恩師である英利の下で弁護士として働きだすと、忙しさからしばらく会えずにいた。

転機となったのは、留学先のロサンゼルスから帰国した直後に如月家で再会した時。玄関で出迎えてくれた瑠衣は、大和の記憶の中の彼女を凌駕《りょうが》するほど大人の女性になっていた。

中学や高校の制服姿の印象が強い彼女の、長い髪を高い位置でひとつにまとめたエプロン姿を見た瞬間、驚きとともに強烈に女性として意識し始めたのを覚えている。

あの時は恩師の娘によからぬ思いを抱きそうな自分を誤魔化すように、不自然なほど目を逸しながら土産を渡した。

帰国の挨拶に行く時になにか土産があった方がいいだろうと、空港のブランドショップでたまたま目についたポーチを購入した。

渡した時の嬉しそうな表情を見て、もっと真剣に選べばよかったと後悔したものだ。

(あのポーチをまだ使ってくれていただなんて。この子はどこまで俺を惚れさせれば気が済むんだ)

それを知ったのは入籍前のデート中だったが、すぐにでもどこかに連れ込んで、どろどろに蕩けるくらい可愛がって抱き潰したい衝動を我慢した自分を褒めてやりたいくらいだ。

帰国後、久しぶりに瑠衣と再会したものの、大人の女性に成長した彼女相手に昔のように『瑠衣ちゃん』とは呼べず、直視すらできない自分の不甲斐なさを思い出すたび苦笑が漏れる。

ふたりで話してみるとやはり居心地がよく、大和を見るやいなや色目を使ってくる女性たちとは違うと感じる。

英語を勉強したかったものの、ひとりで海を渡る不安から留学を躊躇してしまったとはずかしそうに話す瑠衣は、二年間ロサンゼルスで勉強してきた大和に尊敬の眼差しを向けてきた。

いずれは向こうで活躍したいかという問いに、実際は考えてもいなかったくせに、なんとなく格好をつけて『機会があれば』と答えたのは、ひとえに瑠衣のその眼差しをひとり占めしたいと考えたからだ。

しかし瑠衣と会う機会は多くなく、恩人の娘の彼女を積極的に口説くのも躊躇いがあった。

八方塞がりのまま矢のように三年が過ぎ、そんな時に聞かされたのが英利の病気と、瑠衣との結婚の提案だった。

どちらも寝耳に水の話だったが、病気については、まだ自覚症状が出ていないと聞き安心したものの、突発性拡張型心筋症は慢性進行性のため、心臓移植以外に根治的治療はない。すぐに手術の必要はないらしいが、心臓血管外科で多くの症例を診ている病院を多数のツテを使って調べ上げ、御剣総合病院を紹介した。

結婚については大和にとってまさに棚ぼた。彼女を手に入れられるなら、事務所を継いでもいいと即決だった。

大和は大手法律事務所の所長という地位にも経営にも興味はなく、ずっと如月法律事務所で一パートナー弁護士として勤めていくつもりだったが、恩返しになるならと大きな事務所を継ぐ覚悟を決めた。

なにより、瑠衣を妻にできるのなら喜んで引き受ける。

そう思い、すぐにプロポーズをした。

断られそうな気配に、必死に『自分にもメリットがある』『彼の望みを叶えたい』と恩師を口実に使ってまで強引に結婚に持ち込んだのは、瑠衣を他の男に取られたくなかったからに他ならない。

ひとり娘である瑠衣が弁護士にならなかったことに多少の罪悪感を抱き、父親の勧める男と結婚するべきだと感じているのは、彼女の家族思いの性格から推測できた。

自分が事務所を継げない代わりに、優秀な弁護士と結婚して跡継ぎを身籠る。

それだけ聞くと時代錯誤な話だが、大和には英利の考えていることが理解できたし、瑠衣を愛し、幸せにしてやれる自信と覚悟があった。

（卑怯《ひきょう》な手段だったと自覚はある。これからしっかり愛情を示して、彼女に振り向いてもらいたい）

女性から多くの好意を寄せられる大和は秋波に敏感な方だが、出会った当初から結婚を申し入れた時まで、瑠衣から恋情を向けられていると感じたことはない。

悩みながらも結婚を承諾してくれたのは、病気を患った父親と事務所のためだと理解している。

英利から病気を打ち明けられた時の瑠衣は青ざめ、この世の終わりのような表情をしていた。

そんな彼女に『ずっと君が好きだった』などと告白できるわけがない。

だからこそ、大和は一方的に気持ちを押しつけることはせず、結婚前に互いを知れるようデートを重ね、入籍までは努めて紳士的に振る舞った。

初夜で身体を重ねて以来、箍《たが》が外れたように夜毎求めているが、瑠衣は拒むことなく受け入れてくれる。

跡継ぎを望まれた結婚ではあったが、義務のようにして子づくりする気はない。

英利は指定難病と宣告されたものの病状は安定している。楽しそうに仕事をする瑠衣の気持ちも考えながら、時期を考えようと思っていた。

しかし、焦る瑠衣から入籍後一ヶ月で避妊をやめようと提案された。

『この結婚は事務所の後継者のためですし……』

その言葉が大和を好きで結婚したのではないと証明しているようで胸が痛んだが、実際その通りだろうし、彼女に対する恋心を打ち明けていないのだから仕方がない。

職場は産休などの制度もしっかりしていたと話す瑠衣に頷き、その日から避妊をやめた。

心のどこかに、妊娠してしまえば、なにがあっても瑠衣との繋がりは切れないだろうという黒い打算があったのは否定できない。

しかし、後継者とは関係なく、彼女との子供なら欲しいと本気で感じた。

いつの日か、彼女との子供をこの腕に抱く日が来るのだろうか。

幸せな家庭というものに縁遠かった大和にとって、それは切なくなるほど待ち遠しく眩しい未来だ。

本来なら大和が瑠衣を存分に愛し、尽くして、幸せにしたいと願っているのに、彼女と結婚したことで、逆にたくさんの幸せを与えられている。

（瑠衣といるだけで、こんなにも満たされる。彼女にも同じように感じてもらいたい）

組み敷いた大和の下で、真っ赤に熟れて食べられるのを待ちわびている瑠衣の唇を貪るように味わうと、彼女が「くぅん」と子犬のような鳴き声を漏らす。

「可愛い」

柔らかな頬にそっと触れた。

瑠衣の可愛い部分をいくつも言えると密かに自負する大和だが、マシュマロのようにふわふわの頬は、大きな黒い瞳と同じくらい彼女のチャームポイントだと思う。

自他ともに認める童顔な可愛らしい瑠衣が、大和に抱かれている時に見せる艶めいた女の表情に、年甲斐もなく溺れてしまっている。

今もまた、その表情を引き出そうと首筋から鎖骨、胸元を唇で辿っていくと、甘い吐息を零しながら彼女が首を反らせた。

「あ、大和さ……」

「瑠衣。もっと俺を欲しがって」

結婚を決め、ふたりで時間を過ごすごとに、瑠衣も少しずつ大和に気持ちを寄せてくれている気がする。

先日は久保の軽口を気にして、職場の女性相手に小さなヤキモチを妬く素振りを見せた。

それがどれほど嬉しく、堪らない気持ちになったか、正しく彼女に伝わっただろうか。

瑠衣以外の女性なら面倒に思う嫉妬や束縛も、彼女から受けると甘い痺《しび》れとなって情欲を煽る。

優しく甘く、痛みや苦痛を与えず、常に瑠衣を気遣って大事に抱いていたが、あの日だけは理性が飛んだ。

彼女からの好意を感じられ、舞い上がって感情の赴くままに貪った。

翌日、彼女は遅番だったので午前中はゆっくりできたが、掠れた声だけはどうにもならなかった。

咳払いをしながらはずかしそうに上目遣いで睨まれ、その表情にすら劣情を煽られるとは、我ながら重症だと思う。

まだ足りない。もっともっと、自分から離れられなくなるほど瑠衣にも溺れてほしい。

そんな想いを込めて瑠衣に触れ、彼女の身体に教え込む。どれほど愛しているのかを。

「あっ、んん！　や、あぁ……」

着ていた服を乱し、指先で触れるか触れないかのタッチで敏感な部分をなぞりながら、鎖骨に薄く所有の証を刻む。

優しく丁寧に、けれどその実、肝心なところには触れずに焦らし、瑠衣から求めるように煽り立てていく。

「やだ、大和さん……」

「可愛い、瑠衣。どうしてほしい？」

小さな額を大和の胸元に押しつけ、ふるふると首を横に振る。

はずかしくて言えないという意味だろう。わかってはいても、彼女から欲しがってほしい大和は愛撫の手を緩めない。

一気に責め立てることはせず、緩やかに快感を与えながら、一枚ずつ瑠衣の理性のベールを剥《は》いでいく。

「も、だめ……大和さ、おねが……」

羞恥で全身を桜色から朱色に染めて瑠衣が懇願したのに満足し、大和はなんの隔たりもなく瑠衣を貫いた。

「あぁぁ……っ！」

「……っく、なか、熱いな。蕩けきってる」

焦れた瑠衣の中がキツく絡みつき、すぐにでも持っていかれそうになるのを奥歯を噛みしめて堪える。

彼女との結婚は如月法律事務所を継ぐため、そして大和の次の後継者をつくるため。

けれど瑠衣との交わりは、単なる子づくりのための行為ではない。

互いの汗で肌を濡らし、無防備な姿を晒し、求めるままに快楽に耽《ふけ》る。

そんな時間を共有したいと思うのは、心から愛した瑠衣だからこそ。大和は愛しい妻の腰を掴んで引き寄せ、より深く己を埋《うず》めた。

「瑠衣」

身体を貫く熱の衝撃か、彼女は声も出せずに元々大きな黒目がちの瞳をめいっぱい開け、ぽろぽろと涙を零す。

今すぐに同じだけの気持ちを返してほしいとは言わない。ただ、こうして腕の中に閉じ込めている時だけは、自分だけを見て、感じてほしい。

（可愛い。可愛くて、愛しくて堪らない）

縋りついてくる瑠衣の耳元で、何度も愛の言葉の代わりに彼女の名前を囁き、そこから気持ちが伝染すればいいのにとすら思う。

これ以上ないほど奥まで穿ち、瑠衣が零す涙を唇で舐め取り、腰骨が溶けそうになるほどの快感を味わいながら、彼女と一緒に高みへ駆け上った。

「ん……」

意識を飛ばした瑠衣が微かに身動《みじろ》ぎ、ぬくもりを求めて大和の腕にぎゅっとしがみついてくる。

「……可愛すぎるだろ」

再び迫り上がってくる欲望を抑え込み、瑠衣の耳に唇を寄せ、聞こえないと知りつつ「愛してる」と囁いた。

6．芽吹く不安

今年も残すところあと一ヶ月となり、晴れた日でも風の冷たさが首を竦ませる季節。

大和の都合がつけば仕事終わりにホテルの最寄駅で待ち合わせて帰るのもお決まりとなり、今日もいつもの地下鉄出口の階段前で彼を待っていた。

今日は夕方からかなり冷え込むと朝の天気予報で言っていたため、大判のストールを巻き、手袋も嵌めてきたので、寒さ対策はバッチリだ。

「早く着きすぎちゃった」

早番の日は午後五時過ぎに退勤し、更衣室で梓や同僚とお喋りを楽しんでから待ち合わせ場所に向かっているので、大体六時頃に大和と落ち合うのが常となっている。

今日は梓が夜勤で不在だったのと、新婚生活を根掘り葉掘り聞かれ居心地が悪かったのもあって、早めにホテルを出てきた。

『いつの間に⁉　彼氏いたなんて聞いてないよ』

『旦那さん、どんな人？　プロポーズの言葉は？』

『二十五歳で結婚って早くない？』

以前から頻繁に誘われていた合コンへの断りを入れるのに、既婚者であることを周囲に明かしたら、更衣室前の廊下まで響いたであろう大声で驚かれた。

瑠衣が在籍する宿泊部フロント課の同僚は、男女の比率はおおよそ半々。先輩も後輩も気のいい人ばかりで、とても働きやすい環境だ。

瑠衣の結婚が恋愛抜きの懐妊契約婚だっただけに、報告は仕事抜きでも仲のいい梓と上司である部長と課長、書類上必要な人事部だけにしかしていなかった。

しかし、いよいよ『今回こそは合コン付き合ってよ！』という誘いへの断り文句が浮かばず、正直に『実は先日結婚しまして……』と打ち明けるに至った。

馴れ初めを聞かれても困ってしまうため、質問攻めにする同僚を躱《かわ》し、逃げるが勝ちと急いで支度をして抜け出してきたのだった。

時刻は午後五時半。帰宅ラッシュの時間とあって、地下鉄のホームへ続く階段にたくさんの人が吸い込まれるように入っていく。

その流れをなんとなく目で追いながら大和を待っている瑠衣のバッグには、先日受診した産婦人科でもらったピルが入っている。

かなり悩み、何度も自問自答したが、やはり大和は自分といない方が仕事に専念できるのではという思考が頭から離れず、沙良がフロントに現れた翌日に産婦人科へ行って処方してもらった。

飲み始めてから、何度も大和に抱かれている。

跡継ぎを求められて結婚したというのに、夫に黙って避妊薬を飲むなどあり得ない。

そう理解していても、優しくて誠実な大和のことだ、妊娠すれば出張を控えたり気遣ってくれたりするに違いないし、如月法律事務所を継ぐ以外の選択肢はなくなってしまう。

幸い大和が紹介してくれた病院の主治医が優秀らしく、父の病状は薬剤治療で安定している。いずれ心臓移植などの手術を視野に入れるにしても、まだ先でいいと太鼓判をもらったらしい。

ならば、今すぐに妊娠せずともいいのではないか。

浅はかでひとりよがりな思考だとはわかっているけれど、それ以外に方法が思いつかなかった。

自分の考えを正当化するように頷いていると、ふいに男性の声で名前を呼ばれ我に返った。

「あれ、もしかして、瑠衣？」

声の主を探そうと視線を向けると、懐かしい顔が目に驚きを湛えてこちらを見つめている。

「やっぱり。瑠衣だよな」

百七十センチ後半の身長に、ほっそりとした体つき。塩顔と呼ばれる一重の目元に薄い唇、男性にしては色白な彼は、瑠衣と目が合うなり片手を上げて走り寄ってきた。

「あ、孝宏くん？」

瑠衣が応えると、彼は嬉しそうに大きく頷いた。

「久しぶり。卒業以来か」

佐藤孝弘は、瑠衣の大学時代の同級生。友達の紹介で知り合った彼は気さくで誰とでも仲良くなれるタイプで、学部も違うし特に共通の趣味などがあったわけではないが、いつの間にか親しくなった。

出会って半年ほど経った頃、佐藤から『俺たち、付き合ってみない？』と告白され、一緒にいるのが楽しかった瑠衣は喜んでその提案を受け入れた。

授業やバイトの合間にするデートは楽しかったし、互いの誕生日、クリスマス、バレンタインとひと通りのイベントを経験したが、就活やインターンシップなどで多忙になると、徐々に会える頻度が減り、すれ違うことが多くなった。

互いに自分の将来の展望をしっかり見据えていたゆえに妥協《だきょう》できず、ふたりとも恋愛に時間を割く余裕がなかったのだ。

『なんかさ。今の俺ら、友達の距離の方がしっくりくる？』

『うん。そんな気がするね』

決して嫌いになったとか、そういうわけではなかったけれど、すれ違い続けてケンカが増え、相手の将来の夢を応援できなくなる関係に陥《おちい》るのが嫌で、元の友達に戻ろうと同意の上で別れを選んだ。

付き合っていた期間は約一年。円満に交際を解消したので、後悔も未練もない。

大学在学中は顔を合わせれば話もしたが、卒業してからは連絡を取ることもなくなっていた。

「そうだね。卒業式ぶりかも」

風の噂で友人とＩＴ系の会社を立ち上げ、夢を叶えたと聞いた。学生時代から、いつか起業したいと言っていたのを思い出す。

猪突猛進《ちょとつもうしん》で行動力があり、これと思い立ったらすぐに実行するタイプの人で、そんな佐藤に引っ張られるように瑠衣も随分アクティブに生活していた。

卒業してまだ三年も経っていないので、外見はあまり変わったところは見受けられないが、今は社長だったりするのだろうか。

再会して嬉しそうな表情を見せたものの、佐藤からは少し疲れた雰囲気を感じる。

「元気だった？　起業したって聞いたよ」

「うん、元気だよ。覚えてるかな、小山《こやま》と一緒にＡＩ開発の会社を立ち上げたんだ」

「すごいね。小山くんって、孝弘くんと同じ理工学部の人だよね？　久美《くみ》の彼氏だった」

「そう、その小山。あいつら、卒業してからもしばらく続いてたんだけど、去年別れたらしい」

「うん、久美から聞いた」

元彼とはいえ佐藤とは大学の同級生で友人の距離感に戻っているため、気まずさもなく話せる。

その後も同級生の近況などを話していると、あっという間に大和との待ち合わせの時刻が迫っていた。

瑠衣はさりげなくスマホで時間を確認しながら尋ねる。

「元気そうでよかった。もう帰るところ？」

「いや。打ち合わせで出てただけで戻るところ」

「そっか。忙しいんだね」

「まぁ、忙しいのはありがたいんだけど。最近はちょっと色々あって頭パンクしそうで」

佐藤はそう言って苦笑した。

「今、仕事で思ってもみない展開になっててさ。なんかすげぇ狼狽《うろた》えてる。小山とも何度も話し合って結論出したんだけど、まだ現実味がなくて腹を括《くく》れきれないっていうか。……あ、悪い、こんな抽象的に愚痴られても困るよな」

「ううん。そんなことないよ」

彼がどんな悩みを抱えているのかはわからないけれど、思ってもみない展開に狼狽え、現実味のなさにふわふわした感情を持て余す居心地の悪さはよくわかる。

瑠衣も約半年前、結婚話が出た時には同じような気持ちになった。

「考えても答えが出ない時は、突拍子もないと思った提案に流されてみるのも悪くないって私は思うよ」

父から聞かされた大和との結婚話は、平凡に生きてきた瑠衣にとって、まさに〝突拍子もない話〟だった。

大和に事務所を任せたい父の気持ちはもちろん理解できるけれど、まさか大和のあとの後継者をもうけるため、瑠衣との結婚を打診するとは思いもしなかった。

初めて聞かされた時は驚いたし、当然断るつもりだったけど、なぜか大和からその日のうちにプロポーズされ、トントン拍子に結婚するに至っている。

「どうしても受け入れられないことはきっと〝絶対嫌だ〟って心が止めてくれるし、意外と自分でも思いがけないことがうまくいったりするのってあるんじゃないかな」

自分の体験を振り返りながら話すと、目の前の佐藤は目を瞠ったあと、難しい顔をして考え込む仕草を見せる。

（あ、しまった。仕事の話なのに、流されてみればって言うのは無責任すぎたかも）

自分だって病気を患った父の気持ちと、弁護士にならなかった罪悪感ばかりに気を取られ、熟考せずに大和のプロポーズに頷き、今になって彼の将来を狭めてしまった可能性に気付いたというのに。

瑠衣は結婚したことに後悔はなく幸せだが、大和がどう感じているかはわからない。まして佐藤の悩みは自身の話ではなく、仕事の話なのだ。きっと悩みの規模が違う。

気を悪くさせてしまったと瑠衣が慌てて口を開こうとすると。

「なぁ、瑠衣」

なにかを決意したように佐藤が真剣な眼差しを向けてきた。

「俺たち、やり直せないかな？」

「……え？」

今まで話していたこととはまったく別方向からの話題に、瑠衣は反応が遅れた。

「あの頃は自分のことで精一杯で、瑠衣と付き合ってた最後の方はなんにもしてやれなかったけど、今は違う」

なにを言われたのか理解しようと頭をフル回転させる瑠衣をよそに、孝弘は話し続ける。

「いや、さっきも言ったみたいに、ちょっと今色々バタバタしてるけど、それでも学生の頃よりはうまくやれると思うんだ。あれから何人かと付き合ったりもしたけど、瑠衣ほど一緒にいて居心地がいい子なんていなかった。今も少し話しただけですごく気持ちが楽になったし、無意識に俺が欲しいと思ってる言葉を言ってくれた。きっと、俺には瑠衣が必要なんだ」

「ちょ、ちょっと待って。あの」

（もしかして、今、復縁を迫られてる？）

ようやく追いついた思考で弾き出したのは、思いもよらない元彼からの提案だった。

たった今『自分でも思いがけないことがうまくいったりするのってあるんじゃないかな』と言ったばかりだが、これぱかりは頷くわけにはいかない。

瑠衣はれっきとした既婚者なのだ。

（この先どうなるかはわからないけど、今はまだ大和さんの妻だし、たとえどうなっても彼を好きな気持ちは変わらない）

すぐにでも断ろうと口を開きかけたところで、それを察した佐藤は右の手のひらを瑠衣の目の前に差し出してきた。

「言いたいことはわかる。偶然再会しただけで急に復縁迫るなんて、俺も自分自身混乱してる。でもまだ断らないで。少しだけでいい、考えてみてほしい」

「あの、でもね」

「俺、これから急いで会社戻るから。これ、変わってないけど一応連絡先。じゃあ」

「あっ待って！　孝弘くん！」

佐藤は強引に名刺を瑠衣に押しつけると、そのまま地下鉄のホームへの階段を一気に駆け下りて行ってしまった。

残された名刺に目を落とすと『ＡＩ　Ｍｉｎｄ　代表取締役社長　佐藤孝弘』とあり、電話番号も記載されている。

瑠衣はため息をつきながら、その並んだ数列を眺めた。

（二十五歳だと未婚だって思われるのはわかるし、手袋してるから指輪は見えないけど、せめて彼氏がいるかどうかくらい確認してよ……）

咄嗟《とっさ》に結婚していることを言い出せなかった自分を棚に上げつつ、相変わらず思い立ったらすぐに行動に移す佐藤に苦笑が漏れる。

そんな彼が狼狽えて腹を括りきれずに悩んでいるのだから、余程の内容なのだろう。

やはり安易に『流されてみるのも悪くない』なんて言ってしまったのは軽率だったかもしれない。

明日電話をして謝ろう。よく知りもしないで口を挟んでしまったことも、復縁を承諾できないことも。

そう決めて名刺をバッグにしまったところで、後方に大和がいることに気付いた。

オーダーメイドの上質なスーツを着こなし姿勢よく歩く姿は、都心の人通りの多い時間帯でも周囲に染まらず、彼にだけ光が当たっているように感じるほど目立つ。

女性からの熱い視線を気にもとめずに真っすぐ歩いてくる大和のカッコよさに、改めて感嘆の吐息が漏れた。

（あんなにカッコいい人が私の旦那様なんだなぁ。それに、あのスーツ姿と家でのギャップもすごく好き。普段の優しく話す声も、ベッドでのちょっと意地悪な感じとかも……）

大和とは日を置かずに誘われるまま身体を重ねていて、初夜以来一貫して優しく大事に抱かれている。

痛みを感じないよう丁寧で、瑠衣が嫌がることは決してしない。

しかし彼は最近、瑠衣から欲しがるように仕向けてくるのだ。

焦らすように触れられ、思い出すだけでもはずかしくなるような言葉を言わされる。

抵抗するように首を振っても許されず、それは瑠衣が本気で嫌がっていないと見抜いているからなのだと思うと、羞恥でどうにかなってしまいそうだった。

つい先日の濃厚な一夜を思い出してしまい、慌てて頭の上でパタパタと手をはたき、不埒《ふらち》な思考を脳裏から追い出す。

瑠衣が手を振っているように見えたのか、それに気付いた大和が応えるように片手を上げ、歩幅を大きくして近付いてきた。

「お、お疲れ様です」

「あぁ、瑠衣もお疲れ様。……少し顔が赤い。なにかあった？」

「いえ！　大丈夫です。帰りましょう」

そのまま帰路についたが、赤くなった顔の理由を聞かれたらどうしようかと挙動不審になっていた瑠衣は、大和の瞳に嫉妬の炎が宿ったことにも、口数がいつもより極端に少ないことにも気付かなかった。

彼の様子がおかしいと感じたのは、帰宅後の夕食の時。

いつもならば、おかずに手を伸ばすたびに褒め言葉をくれる大和が、無言で心ここにあらずの状態で食事をしていた。

そんなことは、彼が瑠衣の実家に呼ばれて一緒に食事をしていた頃から一度もない。

「大和さん、お疲れですか？」

「ごめん。大丈夫」

「なにかあったんですか？　その、職場とかで」

「いや、なにもないよ」

取り繕うような笑顔を向けられ、瑠衣の心に根付いた不安の種が芽吹く。

今日の仕事中、同じ宿泊部に在籍するドアマンの同僚男性から、あるお客様が〝タカギ〟という女性スタッフを探していると聞かされた。

『宿泊部に〝タカギ〟なんて名字の女性スタッフ、いないよな？』

『う、うん。聞いたことない。そのタカギさんを探してたお客様って？』

『フロントスタッフにはいないって答えたらすぐにどっか行っちゃって名前聞けな

かったけど、すげぇ迫力のある美人だった』

それだけで、瑠衣は沙良だと確信した。

彼女がフロントで如月法律事務所への行き方を聞いたのは十日ほど前。

きっと事務所に行った際、大和がアナスタシアのスタッフと結婚したと聞いたのだろう。それで妻となった女性を探しに来たに違いない。

瑠衣は旧姓のまま働いているので、ネームプレートは〝KISARAGI〟のまま。一度話したフロントマンが彼の妻だと気付くことはない。

(大和さんには聞けなかったけど、やっぱり井口様が会いに行ったのは彼なんだ。それで、なにか言われて悩んでるとか……)

彼女は〝仕事しか頭にない堅物のヤマト〟という人物を忘れられず、如月法律事務所を訪ね、瑠衣が紹介した店へ誘っていい雰囲気に持ち込みたいと話していた。

沙良の口ぶりからも、その人物に対して好意を寄せているのは明らかだ。きっと大和がロサンゼルスに留学していた頃の知り合いなのだろう。

(もしかしたら、知り合い以上の関係だって可能性もあり得るけど……それは結婚前の話だし、気にしたってしょうがないよね)

あの日の瑠衣は、彼女の言う〝ヤマト〟が彼だろうと確信しつつ、祈るように大和の帰宅を待っていた。

もしも【夕食はいらない】と彼からメッセージが入ったらと思うと、スマホを見るのすら怖かった。

結局、大和はいつもと変わらない帰宅時間で食事もまだだと言っていたし、帰って早々意地悪に、しかし情熱的に瑠衣を抱いた。

何度も名前を呼ぶ声に彼の気持ちが込められている気がして、勘違いとわかっていても愛されているような気分になれた。

もしかしたら沙良の言っていた〝ヤマト〟は、夫ではないかもしれない。

安心したいがゆえに都合よくそう結論付け、大和から与えられるぬくもりに溺れて見たくないものから目を逸らしていた。

その反面で、もっと愛されるようメイクをいつも以上に丁寧に施したり、肌の手入れに力を入れたり、下着を新調するなど、思いつく限りの努力をした。

大和は『瑠衣も仕事をしているのだから家事は無理しなくていい』と言ってくれるが、国際弁護士という激務の彼には、栄養のあるものを食べてもらいたい。

依子に電話をし、大和が実家に来ていた頃、彼がどんな料理を好んで食べていたのか覚えている限り教えてほしいと頼み込み、レシピを教わったりもした。

しかし、ここにきて再び不安に襲われる。

大和はぎこちない空気の中、夕食を終えて風呂に入ると、調べ物が残っていると言って仕事部屋へ籠もってしまった。

明日、瑠衣のシフトは早番ではなく中番。いつもなら一緒に寝室へ行き、甘い夜を過ごしているはずなのに。

一度コーヒーの差し入れを持って部屋へ入ったが、その時も英語で電話をしていたし、デスクに広がる資料やパソコンのディスプレイに映されたメールもすべて英語だった。

(最近、英語で電話してることが多いの、気のせいじゃないよね)

国内の取引先相手だけでなく海外の企業とも渡り合えるのが国際弁護士の強みなのだから、英語を使って仕事をしているのはなにもおかしいことではない。

けれど、一度芽吹いた懸念はなかなか消えず、どんな些細な事もそれに繋げて考えてしまう。

やはり大和は海外を拠点にして働きたいと思っているのだろうか。

(井口様となにかあったのかな。浮気を疑ってるわけじゃないけど、明らかにいつもと様子が違う……。でも会ったのは十日も前のはず。どうしたんだろう?)

食事には行かなかったにしろ、事務所に訪ねていったのだから話はしただろう。告白されたのかもしれないし、彼女も弁護士ならば一緒にアメリカに戻ろうと誘われたのかもしれない。

本人に聞こうにも彼は電話をしていたし、その後、彼が部屋から出てくる気配はない。

瑠衣は風呂から出て髪を乾かし終えると自室に入り、通勤に使っているバッグから小さな桜色のポーチを取り出した。

瑠衣の部屋に大和が勝手に入ることはないとはいえ、家に置いておくのは不安で常に肌身離さず持ち歩いている。

人よりも生理痛の重い瑠衣にとってＰＭＳの緩和にも繋がる薬だが、気持ちの上では避妊薬として服用していた。

飲み始めて十日、大和に黙って勝手に避妊している罪悪感は日に日に増していく。けれど大和の未来を思うと、いつまでも日本に縛りつけていいのかと疑念が湧くのを止められない。

大和が好きだし、ずっと一緒にいたいと思っている。

突然提案された結婚だったにもかかわらず、彼も瑠衣を大事にしてくれていると実感できるし、実際、瑠衣が『いつかまた、アメリカで彼らと一緒に働きたいですか？』と聞いても、『ここには瑠衣がいるし、守るべきものがあるから』と首を横に振った。

実際このまま事務所の後継者をつくるという義務感で子供ができれば、大和はこの先一生、如月法律事務所を背負って生きていく道を辿ることになる。

果たして、本当に彼はそれでいいのだろうか。

学生時代から抜きん出て優秀で、今も難しい案件をいくつも抱えて海外を飛び回っている国際弁護士の大和は、その将来図に満足しているのだろうか。

恩師である瑠衣の父へ恩返しになると事務所を継ぐのを了承したけれど、それがなければ、いずれ海外を拠点に活動する気がなかったとは言い切れないはずだ。

でなければ、わざわざ二年も留学してカリフォルニア州の弁護士資格まで取得しないと思う。

きっと大和の中に、将来の展望はあったはずだ。

（だからこそ義務だけで子供をつくって、ここに縛りつけるのはよくない気がする……）

夜毎瑠衣を求めるのは、少しは自分に対する好意もあってほしいが、病気の英利に早くいい報告をしたいからというのが大きいと思う。

ひとり娘である自分が弁護士にならなかったせいで大和の人生を縛ってしまったという負い目が、胸の奥から消えない。

このまま瑠衣に子供ができなければ、事務所を継ぐ話は白紙になるだろうか。

（離れたくない。ずっと大和さんのそばにいたい。でも……）

薬の入ったポーチをぎゅっと握り、瑠衣は何度も繰り返し考えるが、答えは出ない。

そのうち、大和がそれでいいと言っているのだからいいじゃないかと、もうひとりのズルい自分が頭の中で囁いてくる。

始まりはどうであれ瑠衣は大和が好きで、彼は誠実で優しく、とてもいい夫だ。

彼が瑠衣をどう思っているのかはわからないけれど、大切にされているのは事実だし、渡米したいのではという疑惑に目を瞑《つむ》ればとても幸せだ。両親だって子供ができれば喜んでくれるに違いない。

大和は優しい振る舞いや家事を率先してやってくれることから、きっと素晴らしい父親になるだろうし、今では瑠衣も後継者などとは関係なく、彼との子供がほしいと感じている。

愛する人との子供を一緒に育てていくのは、きっとなにより幸せで愛しい時間になる。

それならば、どうして後ろめたさを感じながら避妊し続ける必要があるのだろう。

そう唆《そそのか》すもうひとりの自分の声は少しずつ大きくなり、瑠衣を苦しめる。

（……違う、そうじゃなくて。大和さんからは言い出さないだろうからこそ、ちゃんと彼に選択肢をあげたい。子供ができてしまえば、もう選べる道はひとつしかなくなっちゃうんだから）

正式に事務所の後継者だと発表していない今なら、まだ引き返せる。

今、結婚して一年も満たない時に聞いたとしても、大和は英利への恩義から瑠衣との結婚を取りやめたりはしないはずだ。

それならば、やはり瑠衣が妊娠せず、子供を授かりづらい体質かもしれないと大和と父に告げる時が勝負だ。

一年ほど妊娠しないまま結婚生活を過ごし、折を見て跡継ぎがなかなかできないと父に話し、それとなく大和はアメリカの方が活躍の場が広がるのではと瑠衣から伝えればいい。

（私って、やっぱりお父さんの娘だな。なんて突拍子もない発想）

父親の遺伝子を感じ、クスリと笑いながらも瞳には涙が滲む。

机上の空論がうまくいくかはわからない。けれど、大和のためを思えば、なにもアクションを起こさないではいられなかった。

（勝手にピルを飲んでるなんて知ったら、大和さんはどう思うだろう。あんなにたくさん抱いてくれるのは、きっとお父さんに孫を抱かせてあげるためなのに……）

悲しさややるせなさで胸が痛い。

瑠衣が跡継ぎを産めないとなれば、この結婚も意味がなくなり、離婚だってあり得る。

ただ、どれだけ瑠衣が必死に考えたところで、この思考に大和の意志は一切加味されておらず、彼がどう思っているかも、英利の思惑や事務所の経営についてだって瑠衣はなにも知らない。

それでも哀れなほどひたむきに、大和の将来を守ろうと必死だった。

自分勝手な悪魔の囁きから逃れるようにブンブンと首を振ると、包装シートから今日の分を一錠取り出し、湧き上がりそうになるズルい感情と一緒に飲み込んだ。

7. 私の役目

「そっか、結婚したんだ」

驚きと落胆の色を隠しきれない声を聞き、申し訳なく思いながら、瑠衣は電話の向こうにいる佐藤に告げた。

「うん。突然の話だったから、まだ周りにもあまり報告できてなくて」

言い訳じみて聞こえるが、実際周囲に結婚の報告を進んでしていない。

突然降って湧いた話だったのはもちろん、やはり恋愛結婚ではないという特殊な事情が口を固くさせている。入籍のみで結婚式を挙げていないのも、それが理由だった。

佐藤と偶然街中で再会し、復縁を持ちかけられた二日後。

本来ならすぐにでも断るべきだが、昨日は中番で午後一時から十時までの勤務で、午前中に電話を掛けたが生憎《あいにく》繋がらなかった。

その日のうちに折り返しが来ていたものの、気付いたのは帰宅した夜の十一時。さすがにその時間に電話をするのは憚られ、休日の今日、ようやく話すことができた。

「気持ちは嬉しかったけど、私は……主人が好きだから」

今日一日、ずっと考えていた。もしも事務所を継ぐというしがらみのなくなった大和がアメリカへ拠点を移すと決断したら、自分はどうしたいのか。

愛のない懐妊契約婚だったとか、自分が継げなかった事務所や病気を患った父への思いとか、色んなことを抜きにして考えれば、答えはシンプルにひとつ。

(私は、大和さんが好き。そばにいたい)

大和が許してくれるのなら妻として海外についていきたいし、離婚することになってしまったとしても、この気持ちが消えるとは到底思えない。

もちろん父や事務所の今後については話し合わないといけないとは思うけれど、大和以外の人とは結婚したくないと心が頑なに叫んでいる。

学生時代に経験した恋愛とは違う、強い想いが瑠衣の心に根付いていた。

「だから、孝弘くんとやり直すことはできない。ごめんなさい」

電話越しで孝弘が大きく息を吐く。それを聞きながら、瑠衣はぎゅっと目を閉じた。

学生時代、恋人関係を解消する時だって、ここまで胸は痛まなかった。

今こうしてキリキリと胸が痛むのは、きっと瑠衣が大和と結婚し、ようやく本当の恋を知ったから。

「わかった。ごめんな、なんの確認もしないで一方的にやり直さないかなんて提案して。瑠衣に相手がいないわけないもんな」

「ううん。こっちこそ、すぐに結婚してるって言えなくてごめんなさい。まさか、そんなこと言われるなんて思わなくて、ビックリして」

「俺さ、今ちょっと会社がバタバタしてて。久しぶりに瑠衣に会ったら、つい癒やしを求めるみたいにお前に縋ったりして……カッコ悪いな。忘れて」

電話の向こうで彼がどんな表情をしているのかが想像できて、瑠衣は見えないとわかりつつも首を横に振った。

「カッコ悪くなんてないよ。私こそ、孝弘くんの会社の事情とかなにも知らないのに、この前は無神経なこと言ってごめん」

「……無神経なことなんて言われたか？」

「『流されてみるのも悪くない』とか『意外と自分でも思いがけないことがうまくいったりする』とか、他人が無責任に口を挟む話じゃなかったって思って。孝弘くんは自分の会社のことで真剣に悩んでるのに……軽率だった」

彼の会社の事情を詳しく聞こうとは思わないけれど、従業員を背負う社長としての悩みと自分の結婚話を同じ括りにして、知ったように話したのは思慮に欠けていた。

そう思って瑠衣が真摯に謝ると、孝弘は「そういうところ」と呟いた。

「瑠衣のそういうところ、いいなって学生時代から思ってた」

「え？」

「自分が悪いと思ったらすぐに非を認めて素直に謝れるところ。すれ違いが多くなってケンカした時も、必ず『言いすぎた、ごめん』って謝ってくれただろ」

「……そんなの普通じゃない？」

悪いことをしたら謝る。きっと幼稚園児だって知ってる常識だ。

「大人になると普通のことが難しくなったりするだろ。嬉しかったら素直に喜んだり、困ってる人がいれば声を掛けたり、瑠衣はそういう人として当たり前のことを当たり前のようにできる子だった。だから一緒にいて居心地がよかった。ただ、あの頃は俺もまだガキだったから、瑠衣のそういういいところをわかってたのに……もったいないことしたよ」

「孝弘くん……」

「それから、この前言ってくれた言葉、無神経とか軽率だなんて思ってない。むしろ、背中を押してもらった」

「え？」

「何度も考えて決断した話にうじうじしたって仕方ないし、会社にとってよくない話なら絶対に小山がストップをかけるはずだ。瑠衣に言われて吹っ切れた。行けるところまで進むわ」

そう言う孝弘の清々しい声に嘘はなく、瑠衣はホッとした。

「それならよかった」

その後、なんだかそのまま終わりにするのも味気ない気がして、互いにちょっとした世間話をしてから電話を切った。

気持ちに応えられなかったのは申し訳ないとは思うけれど、孝弘は瑠衣にとって初めての恋人であり、今でも大切な友人だ。幸せになってほしいと心から願う。

翌日の勤務は早番だった。

朝八時にはフロントに立ち、遅番シフトだった同僚から引き継ぎを済ませてから、モーニングコール、チェックアウト業務に外線電話対応、当日宿泊者の部屋割り決めなどチェックインの準備をしていると、あっという間に昼休憩の時間となる。

同じく早番だった梓と一緒に食堂でランチをとりフロントに戻ってくると、待ち構えていたようにヒールの音を響かせて近付いてくるひとりの女性がいた。

（井口様……）

沙良は瑠衣の胸元の名札を確認し、「やっぱり、旧姓で働いているのね」とひとり納得して呟いたあと、睨むように瑠衣を見据えた。

「あなたね、大和を日本に縛りつけている法律事務所の娘というのは」

事務所の名称と瑠衣の名札の名字が一致し、大和の妻だと確信したのだろう。

フロントカウンター越しにもこちらを威圧するオーラに気圧《けお》され、瑠衣は身体が竦んだ。

「仕事の邪魔をする気はないわ。でも大和のことで話がしたいの。勤務は何時まで？」

「大和さんの？」

夫の名前を出された途端、心臓がドキンと嫌な音を立てる。

ここ数日の大和の態度はやはりどこかよそよそしく、ケンカをしたわけでもないのに言葉を交わす頻度はグッと減っていた。

そんな状態では当然夜に誘われるわけもなく、やり残した仕事があるから先に休むように言われ、ベッドの左側を空けて眠っている。

目覚めてもすでに大和は起床していて、半分空けていたスペースのシーツはいつもひんやりと冷たく、彼がいつどこで眠ったのかもわからない。

大和のぎこちない笑顔を見るたびに不安はどんどん膨れ上がり、今朝は顔を見た途端に泣き出したい気持ちになり、目を合わせられないまま出勤した。

よくないとわかっているのに、互いにどうしたらいいのかわからない。そんな状態がもう三日も続いている。

その原因がもし目の前の女性なのだとしたら、怖くて足が震えそうになるけれど、どんな話なのか聞くべきだと思った。

「……かしこまりました。今日は五時までなので、それ以降でしたら」

フロントスタッフとしてはずかしくないよう背筋を伸ばしたまま答える。

プライベートな話題だろうと、ここに立って客と対峙《たいじ》している間は、瑠衣個人ではなくアナスタシアのスタッフなのだ。

「じゃあ五時半にそこのラウンジでいいかしら？」

「はい」

やっとのことで絞り出した声で返事をしたのを聞くと、沙良は身を翻してホテルから出ていった。

背中が見えなくなり、ようやく大きく息を吐き出すと、今さらながら指先がカタカタと震える。

「ちょっと瑠衣、大丈夫？」

あまりに瑠衣が青い顔をしていたせいか、梓が心配げに顔を覗き込んできた。

「大丈夫、ごめんね」

どんな事情があれ、ここに立っている間は私語は厳禁。幼い頃から憧れたフロントスタッフの仕事を疎かにしたくない。

瑠衣は気持ちを切り替えて残り時間の業務にあたり、同僚に引き継ぎを済ませた。

急ぎ足で更衣室に戻るなり、梓から沙良について聞かれた。

「さっきの人、うちに連泊してるお客様だよね？　大和さんって、瑠衣の旦那様でしょ？」

「うん。私も彼女のことはなにも知らないの。ただ、この前、如月法律事務所への行き方を聞かれて、その時『忘れられない人に会いに来た』って言ってた。アメリカ在住の弁護士さんみたい」

そこまで話すと、自称恋愛偏差値が低いという梓でも事の次第をのみ込めたらしい。

「……元カノ？」

「だろうな、とは思ってる。彼が留学してた先と、井口様の現住所が同じ地域みたいだし」

「その人が、どうして瑠衣に？」

「わからないけど、前にね、大和さんのパラリーガルをしてる人に聞いたの。事務所内で大和さんが政略結婚したって噂になってるって。まぁその通りだからしょうがないけど、もしかしたらその話を耳にして、私にひと言言いたいのかも」

沙良は瑠衣に向かって『大和を日本に縛りつけている』と言っていた。

やはり彼ほど優秀な弁護士ならば、海外で活躍すべきだと思っているのだろう。

「だ、大丈夫？　一緒に行こうか？」

瑠衣以上に焦っておろおろしている梓の様子に、少しだけ緊張の糸がほぐれる。

「ありがとう。でも大丈夫。なんの話かわからないけど、ちゃんと聞いてくる」

「どんな話だったとしても、帰ったらちゃんと旦那さんに話した方がいいよ。直接の知り合いでもないのに職場で待ち伏せするなんて、ちょっと行きすぎてる気がするし」

もっともな意見に頷きたくなるけれど、それは同時に大和の過去を受け止めなくてはならないということ。

自分と結婚する前の恋愛は自由だし、嫉妬したって仕方がない。

わかってはいても、いざ実際にあれほど美人な元カノの顔を見てしまうとモヤモヤするし、大和から沙良との関係を肯定されたら、嫉妬する気持ちに拍車がかかりそうだ。

曖昧に笑って梓と別れ、指定されたラウンジへ向かった。

普段自分が働いているカウンターから見えるので馴染みのある場所に思えたが、実はあまり利用したことはない。

二階まで吹き抜けの天井は空間を大きく見せ、奥の石壁は一面大きなアクアウォールとなっており、凹凸の壁を流れる水が清らかで特別感のある雰囲気を醸し出している。

ふたり掛けのテーブル席から八人ほど座れるゆったりとしたソファ席まで百三十席ほどあるラウンジは、座席と座席の間の距離がしっかり保たれており、リラックスして落ち着ける空間だ。

しかし、今の瑠衣にはそのラグジュアリーな雰囲気を堪能する余裕はない。

ラウンジに足を踏み入れると、一番手前の角のソファ席で長い脚を組み、文庫本を片手にコーヒーを飲んでいる女性がすぐにこちらに気が付いた。

マスタードカラーのハイネックに、アンサンブルになっているニットのカーディガンを羽織り、ボトムはセンタープレスのワイドパンツを合わせたスタイルは、長身で小顔の彼女によく似合い、まるで雑誌から抜け出たモデルのように洗練されている。

大和と並んで立ったらさぞお似合いだろうと想像してしまい、ぎゅっと胸が痛む。

怯《ひる》みそうになる気持ちを奮い立たせ、瑠衣はきゅっと唇を引き結び、覚悟を決めて沙良の座る席へ足を進めた。

「お待たせしました」

小さく会釈をして向かいに座り、ウエイターにアールグレイを注文する。その間に、沙良は優雅な仕草で文庫本をバッグにしまっていた。

「もしかしたら、来ないかもと思ってた」

「いいえ、お約束しましたので」

「今は私を客だと思わなくていいわ。私もあなたを優秀なホテルマンでなく、大和の結婚相手だと思って話したいの」

「かしこまり……わかりました」

ホテルマンとして認められていたのが嬉しい反面、これから話す内容に不安が押し寄せる。

瑠衣が了承すると、沙良も頷いてこちらに名刺を差し出してきたので、慌てて普段使い慣れない名刺を取り出し交換した。

「井口沙良、ロスの『R＆T《アールアンドティー》』という法律事務所で働いている弁護士よ。大和とはこの事務所で一年間一緒に働いていたわ」

「高城瑠衣です。職場では、旧姓の如月で働いています」

「如月法律事務所、所長の娘ね？」

沙良の眉間に深く皺が寄る。大和の姓を名乗ったのが気に入らないのだろう。所長の娘との政略結婚。そう思われているのは、眼差しや声音に含まれる棘《とげ》でひしひしと感じる。

アイラインをしっかりと引いた切れ長の瞳で瑠衣を刺すように凝視し、沙良は言った。

「まどろっこしいのは嫌いだから単刀直入に言うわ。大和を返して」

まるで元々大和が彼女のものだとでも言いたげな物言いに、ぎゅっと胸の奥に爪を立てられたような痛みが走った。

それから沙良は、どれだけ大和が優秀な弁護士かを熱弁する。

「あれだけの若さで、熟練のインハウスローヤー相手に渡り合える人材は他にいないわ。彼ほど頭の切れる人材をあんな小さな事務所に埋もれさせてるだなんて。宝の持ち腐れよ」

まるで法廷で相手を追いつめるかのごとく、当時彼と一緒に手がけた案件の話を交えながら、沙良は大和がいかにR&Tから求められている人材なのかを並べ立てる。

それを俯き気味で聞きながら、瑠衣は運ばれてきた紅茶にひと口も口をつけずに見つめていた。

「彼は小さな島国で終わる男じゃない。アメリカに戻って、うちのような大手の事務所で大きな案件を請け負って活躍すべきだわ。大和だってきっとそう望んでる。それを認めて支えられないなんて、大和の妻失格よ」

〝失格〟と激しく非難する言葉に、瑠衣は思わず顔を上げる。

（大和さんが優秀な弁護士なのも、大きな案件を請け負って活躍すべきだってことも、ちゃんとわかってる。だからこそ、彼との子供が欲しいけど、私だって……）

毎日切なさと罪悪感で押しつぶされそうになりながら、決して妊娠しないよう一錠ずつ薬を飲んでいる。

大和には告げず、知らぬ顔で抱かれる。それがどれだけ苦しいか。

彼は瑠衣にこれ以上ないほど優しく、時に意地悪に触れ、大切に扱ってくれる。大事に想ってくれているのは疑いようもない。

そして瑠衣の気持ちも、結婚を決めた時とは違う。

一緒にいるほど彼を知り、好きになり、かけがえのない存在になった。

今では彼を愛しているからこそ彼の選択肢を狭めてはいけないと、契約のような結婚生活を終わりにするべきではないのかと悩んでいるのだ。

けれど、きっと目の前の沙良にそう訴えたところでわかってはもらえないだろう。

今現在、大和を日本に縛りつけているのは、他でもない瑠衣との結婚生活なのだから。

瑠衣が唇を噛みしめたままでいると、彼女は綺麗な細い顎《あご》を上げ、見下すような視線を投げてきた。

「私の父は日本でも有名な世界的小売チェーンの役員をしているの。『クローバー』って聞いたことあるでしょう？」

クローバーといえば、日本でも人気の会員制ショップで、食品から衣料品、家具まで幅広く取り扱っている。アメリカ発祥の倉庫型店舗で、商品を入荷したままパレットに乗せた状態で販売することで人件費を削減し、低価格で高品質な商品を提供している。

瑠衣も何度か買い物に出かけたことのあるショップだ。

「以前クローバーのM&A関連で大和と仕事をした時に、父は彼のことをすごく気に入って、私と結婚するのなら顧問弁護士に推してもいいと言っているのよ。公私ともに大和のベストパートナーになれるはずだったのに。まさか政略結婚しただなんて、酷い裏切りだわ」

「……裏切り？」

「早く戻ってきてと何度も連絡していたのに、黙って結婚するだなんて裏切り以外の何物でもないわ。でもいいの。私の元に戻ってくるのなら許してあげる。日本で好きでもない女と結婚して小さな法律事務所のトップに甘んじるか、アメリカ大手のR&Tに戻り、私と結婚して大企業であるクローバーの顧問弁護士という名誉を得るか。どちらが彼のためになるかしら」

真っ赤なリップを塗られた唇の端を上げ不敵に微笑む沙良は極上に美しく、同時に酷く醜く見えた。

ふたりは同僚以上の関係だったのだと瑠衣が理解したのを見計らい、沙良は「早く大和を解放して」と言うだけ言って、伝票を持って去っていく。

瑠衣は黙って彼女の背中を見送りながら、ピルの入ったバッグをぎゅっと握りしめた。

帰宅後、瑠衣は一心不乱に料理をした。なにかしていないと、不安に押しつぶされてしまいそうだった。

沙良の言葉が頭から離れず、同じセリフが何度も脳内で再生される。

『アメリカに戻って、うちのような大手の事務所で大きな案件を請け負って活躍すべきだわ。大和だって、きっとそう望んでる』

悔しいが、彼女の言う通りだと思えば言い返すこともできなかった。瑠衣も同じことを考えたからこそ、自ら薬を飲み続けているのだ。

粗方今日の晩ご飯ができたところで、大和から【今から帰るよ】と三十分ほど前に連絡が入っていたことに気付き、今日も帰ってきてくれるのだとホッとする。

同時に、慌ててソファに置きっぱなしにしていたバッグから桜色のポーチを探し、アルミ製のピンク色のシートから一錠取り出した。

毎日決まった時間に服用しないといけないので、瑠衣は大抵午後六時前後に飲むことにしている。早番なら帰宅しているし、中番なら休憩中に飲むことができる。

今日は沙良との待ち合わせでそれどころではなく、すっかり飲むのを忘れていた。

水で流し込んだ瞬間、玄関の鍵がガチャリと開く音がして、瑠衣は焦りながらポーチをバッグに押し込み、キッチンへ戻った。

「おかえりなさい」

「ただいま」

料理していた風を取り繕い、大和を出迎える。

会話は成立するし、決して仲違いをしたわけではない。

それなのにお気に入りのダイニングテーブルで食事をしていても、やはり今日もふたりの間の空気はぎこちなく、視線を合わせられないままつくった笑顔を貼りつけてやり過ごすしかできない。

シンクにふたり並んで食べ終えた食器を洗うのだって、結婚前に想像した幸せの象徴のような時間だったはずなのに、今は初々しさではなく、よそよそしい雰囲気がキッチンに立ち込めている。

ボタンをかけ違えてしまったような気持ち悪さが拭えず、気持ちが沈んでしまう。

(このままじゃだめだ。ちゃんと話さないと)

気持ちを切り替えるために食後のコーヒーを淹《い》れ、瑠衣はソファに座って大和に話を切り出した。

「あの、お話があるんです」

「なに?」

ドキドキと鼓動が跳ね、緊張から呼吸が浅くなり、口の中がカラカラに乾いている。

自分のことで精一杯な瑠衣は、大和の表情が曇ったのに気付かなかった。

喉に張りついたように声がうまく出ないのを誤魔化すため、ひと口コーヒーを飲んでから、ずっと考えていたことを口にした。

「もしも結婚から一年経っても子供ができなかったら、事務所を継ぐという話は一旦保留にしませんか？」

所長職の引き継ぎには一、二年かかると言っていたし、避妊をやめて一年の間妊娠しないと不妊治療に踏み切る夫婦が多いと聞く。

アメリカへ行きたいなら行くべきだと瑠衣がいくら言ったところで、きっと大和は事務所や瑠衣を守ると首を縦に振らない。

それならば、一度しがらみを断ち切ってみるべきだ。その上で、大和がどうしたいのか選べばいい。

沙良に言われるまでもない。大和を想う気持ちは負けないし、過去はどうであれ、今彼にとって唯一の女性なのは瑠衣なのだ。

（だからこそ、大和さんの背中を押すのは私の役目）

そう思って提案したのに、大和の表情が一気に険しくなる。

「……どういう意味だ？」

すっ、とその場の空気の冷える音が聞こえた気がした。

眉間に皺を寄せてこちらを睨むように見つめる大和に気圧され、一瞬にして言葉を失ってしまう。

こんな風に不機嫌で不快感をあらわにした大和を見たのは初めてで、どうしたらいいのかわからない。

（怒ってる。どうして……？）

もしかしたら、言葉が足りなかったのだろうか。

『子供ができなかったら』という言い方だと、原因が大和にあるせいで後継者として相応しくないと聞こえてしまったのかもしれない。

そうではないのだと、首を横に振りながら言い募る。

「あ、あの、子供ができないのが大和さんが原因だったらという意味ではなくて、私のせいでっていう意味で」

「妊娠しないのを気に病んでる？　結婚して半年も経ってないだろう？」

「いえ、そうじゃなくて。あ、いや、そうですけど」

こちらの真意を探るように険しい眼差しを向ける大和に、しどろもどろになってしまう。

（あぁ、あんなに考えたのに。どうしてうまく言葉が出てこないんだろう）

ここ数日の大和のよそよそしさは、きっと沙良と再会し、アメリカで働く魅力やり甲斐を思い出したからなのではと思った。

だからこそ、ただ彼に自由を与えたいだけなのに。

うまく説明できないことに頭を抱えたくなり、とりあえずもうひと口コーヒーを飲んで落ち着こうと手を伸ばした時、ソファの端に置いていた瑠衣の通勤バッグが音を立てて落ちた。

フロントで働く瑠衣にとって、身だしなみは大切だ。いつでも万全のメイクができるよう、大きなバッグにはひと通りの化粧道具を詰め込んでいるためポーチがいくつも入っている。

そのうち一番軽いポーチが、バッグが落ちた拍子に大和の足元まで飛んでいってしまった。

「すみませ……」

大和が屈《かが》んで取ろうとしたポーチを見て、瑠衣は血の気が引いた。

「あっ、待っ……」

「これ……」

彼が拾った桜色のポーチは、以前彼がプレゼントしてくれたもの。

チャックは半分ほど開いており、中からピンク色のPTPシートが飛び出している。先程飲んだ時に慌てて片付けたため、きっとしっかり閉められていなかったのだろう。

シートには飲み忘れがないよう錠剤の上にそれぞれ数字が振られており、知識がある人間にはこの薬がどんな種類なのか察しがつく。

大和もすぐに理解したようで、呆然と手の中にあるピル、すなわち避妊薬を凝視したまま固まっている。

瑠衣はそれを奪い返すこともできず、考え得る最悪のタイミングで知られてしまったと、頭の中は真っ白だった。

「あの、それは……」

きちんと説明しなくてはと思えば思うほど、焦って言葉が出てこない。

すると、ゆっくりと顔を上げた大和が、引き結んでいた唇をわななかせながら、聞き取りにくいほど低い声を出した。

「俺との子供ができたら困ることでもあるのか」

大和は怒りを必死に抑えているかのような冷たい表情だが、瞳には哀しみの色が滲んでいる。

（違う……！　そんな顔をさせたいわけじゃない）

必死に首を横に振って否定するのを見ても、彼の表情は変わらない。

「佐藤孝弘。大学卒業後に起業したＩＴ会社の社長。君の元恋人だよな？」

突然、なんの感情も見えない声音でそう尋ねてきた。

佐藤の名前が出てきたことにも、その情報を大和が知っていることにも驚き、瑠衣は目を丸くする。

答えを必要としているわけじゃないのか、瑠衣が口を挟む前に再び大和が話し出した。

「数日前、君たちが駅前で話しているのを見た。随分親しげで、楽しそうに話していた。声を掛けるのを躊躇ってしまうほど」

「えっ？」

「去っていく彼を名前で呼んで引き止めている瑠衣を見て、嫉妬でおかしくなりそうだった。いや、おかしくなってたのかもしれない。その日から瑠衣の顔が見られなくなった」

大和の話を聞きながら、佐藤と偶然再会した日のことを思い出す。

確かに久しぶりに会って世間話もしたし、突然復縁の話を持ちかけられ、断るタイミングを逃して去っていく背中に呼びかけもした。

まさかそれを大和が見ていたなんて知らなかったし、その光景に嫉妬していただなんて思いもしなかった。

しかし、確かに目の前の大和は瞳の奥に嫉妬の炎を燃やし、睨むように瑠衣を見つめている。

「やり直したいと言われているんだよな？」

「えっ⁉ あの、どうして……」

なぜ知っているのだろう。

佐藤自身のことも、彼が瑠衣の元恋人であり、復縁を迫られていたということまで知っているなんて。

驚きに言葉をなくしていると、大和が自身の前髪をくしゃっと掴み、瑠衣から視線を外して呟いた。

「……迷っているのか？」

思いがけない問いかけに、瑠衣は理解するよりも早く否定した。

「そんなわけありません！」

大和に対する気持ちを疑われるなんて心外で、瑠衣は怒りに任せて声を大きくする。

「そんな……迷うわけないじゃないですか！」

佐藤に復縁を迫られた時も、沙良に大和を返せと睨まれた時も、一ミリだって迷わなかった。

佐藤とよりを戻す気も、沙良に大和を渡す気もない。

大和が好きだから。

じわりと涙が滲み、感情的になってはいけないと思うのに気持ちを抑えることができなかった。

瞳を潤ませて怒る瑠衣に、大和は驚きと焦りを滲ませながら尋ねてくる。

「だったら、なぜ」

「だって……だって私が妊娠しちゃったら、大和さんは本当に如月法律事務所を継ぐしか道はなくなっちゃうんですよ⁉」

8. 健気で愛しい人《大和Side》

涙ながらに叫ぶ瑠衣を見つめたまま、大和は時間が止まったかのように固まった。

恩師である瑠衣の父、英利から託されたのは、事務所の将来と瑠衣自身。

大和にとって事務所を継ぐ継がないは二の次で、英利に安心してもらい、瑠衣を手に入れられるならそれでよかった。

大手の法律事務所を運営していくのは生半可な覚悟ではできないのは理解しているし、任された以上は全力で取り組むつもりだ。

恩師の希望を叶えたいと、それを口実に、ずっと好意を寄せていた瑠衣との結婚に漕ぎ着けた。

卑怯だとわかっていたが、今までもぎ取るのを我慢していた果実を目の前にぶら下げられれば、どんな手段を使っても手に入れようと必死になるものだ。

それに、事務所を信頼できる者の手に託すことで次の世代へバトンを渡し、困っている人の助けになる場所をなくさないよう繋いでいきたいと願っている英利の気持ちもよくわかる。

大きな法律事務所のトップとなればなおさら、引退後の展望図は綿密に固めておきたいのだろう。

病に侵され、自分がいつどうなるかわからないという状況で、英利が事務所と同じくらい気がかりだったのが、ひとり娘の瑠衣の将来。

あまり深くは考えたくないが、大和が瑠衣に想いを寄せていたのを、彼は見抜いていたのではないかと思う。

だからこそ大和に瑠衣との結婚を持ちかけ、次世代への橋渡しの役割も委ねた。大和ならば、断らないと踏んだのだ。

穏やかでお茶目な印象のある英利だが、実は大胆かつ奇抜な発想で数々の案件を自分の思い通りに解決してきた鬼才だ。そのくらい考えていても不思議ではない。

瑠衣がいつだったか、弁護士にならなかったのを悔いるような発言をしていたが、英利はそんなことは望んではいない。

自分の愛娘には好きなように生きてほしいだろうし、必ず幸せになってもらいたいはずだ。

瑠衣と大和の子供に事務所を継いでほしいと語っていたのも、〝そうなったらいい〟くらいの感覚なのだと大和は知っている。

その証拠に、如月法律事務所の看板を守るのなら婿養子に入るべきかと大和が相談に行った際、英利はこう言った。

『特に名前や血筋に拘《こだわ》ってるわけじゃないんだ。僕はね、ただ父から受け継いだこの事務所が、困った人や企業の手助けをする場所として、ずっと続いてくれればいいと思ってる』

そう語った英利なら、瑠衣と大和の子供がたとえ弁護士にならなくとも幸せを願ってくれるだろう。

瑠衣を妻として大切に慈しみ、事務所を守り、優秀で同じ志を持った弁護士を見極めてバトンを繋いでいく。

英利が求めているのはこれに尽きる。大和はそれを寸分違わず感じ取った。

昔から如月家を見て理想的だと感じていた家庭を、今度は自分の手で瑠衣とともにつくり上げていく。

特段子供好きというわけではないが、瑠衣との子供は可愛いに違いない。そう思っているのに、なぜ瑠衣は大和に黙って避妊薬を飲んでいたのか。

考えられるのは、先日瑠衣と親しげに話していた男の存在。

仕事終わりに瑠衣と待ち合わせをしていたいつもの駅に向かうと、彼女がスーツ姿の男性に声を掛けられているのが見え、遠目でも彼が大和の依頼人、佐藤孝弘だと知れた。

彼は大学卒業後すぐに友人とＩＴ企業を立ち上げ、自身もシステムエンジニアとして業績を上げている優秀な男だ。

大和の目から見ても会社に対する思いは熱く、仕事に誇りを持つ素晴らしい青年だと思う。

提案したＭ＆Ａについてもよく勉強していて、以前は多少不安がありそうだったが、腹を決めたのか一昨日の打ち合わせでは清々しい顔で契約に向けた話を聞いていた。

当然仕事に私情を挟むことはしないが、雑談の最中に佐藤の口から出た〝学生時代の彼女〟というワードに、ピクリと反応する。

『昨日、偶然再会したんですよ。俺、ついやり直さないかって口走っちゃって』

『そう、ですか。……首尾はどうでしたか？』

前日に見た瑠衣と佐藤の親しげな様子が脳裏に浮かび、聞かずにはいられなかった。

『カッコ悪いんですけど、言い逃げしました。少しでも考えてから返事が欲しくて。俺、その子を嫌いになって別れたわけじゃないから、後悔してて。高城先生は恋愛で失敗なんてしなそうですよね』

照れくさそうに笑う佐藤は、まさか復縁を迫った元恋人の夫が目の前にいるとは思ってもいない。

瑠衣が彼の提案に頷くはずはないと思いながらも、その場で拒まなかった事実に打ちのめされる。

大和はそれ以上佐藤の話を広げず、曖昧に切り上げた。

過去に恋人がいたって不思議ではないし、それをとやかく言うつもりはない。

佐藤が『言い逃げ』と言ったように、彼が復縁を持ちかけてすぐに立ち去ってしまったのなら、瑠衣が咄嗟に断りを入れられなくても仕方がない。

そう頭では理解できるのに、チリチリと胸の奥が嫉妬で焦げつく音がする。こんな感情を持ったのは、生まれて初めてだった。

家では黒く渦巻く自身の醜い感情を悟らせないように振る舞っていたつもりが、どこかよそよそしい雰囲気が漂い、その日は仕事を理由に一緒にベッドに入るのを避けた。

抱いてしまえば、きっと執拗に責めてしまう。それで彼女に嫌われるのが怖かった。

しかし、次の日以降も瑠衣の様子がいつもと違うことに焦りが募った。

居心地のよかった空間が消え、大和の好きな瑠衣の無垢な笑顔は、必死につくった偽物の微笑みに変わった。

視線も合わなくなり、今朝に至っては一緒にいるだけで泣き出しそうな顔をしていた瑠衣。

そこに『もしも結婚から一年経っても子供ができなかったら、事務所を継ぐという話は一旦保留にしませんか？』と言われ、さらに避妊薬まで出てきた日には、佐藤の発言が関係していると考えても不思議ではない。

実際、彼の名前を出し、復縁を迫られているのだろうと尋ねると、瑠衣は黒目がちな瞳を大きく見開いて驚いていた。

本当に瑠衣と佐藤は元恋人同士なのだと実感し、大和は胸にこびりついた嫉妬を持て余す。

卑怯な手段で手に入れた自覚があるからこそ、なによりも大切に、誠意を持って接してきたつもりだ。

最初は父親のために結婚を承諾した瑠衣も、うぬぼれでなければ少しずつ気持ちを向けてきていると感じていたというのに。

かつての恋人と再会し復縁を迫られたことで、この結婚に迷いが生じたのだろうか。

自分の推測に苛立《いらだ》ち、前髪を掻き乱す。瑠衣から視線を逸しながら、『……迷っているのか？』と聞くのが精一杯だった。

するると、瑠衣は瞳を涙でいっぱいにしながら『迷うわけないじゃないですか！』と怒りをあらわにして叫んだ。

「だって……だって私が妊娠しちゃったら、大和さんは本当に如月法律事務所を継ぐしか道はなくなっちゃうんですよ？」

（妊娠したら事務所を継ぐしかなくなる？　一体それのなにが問題なんだ？）

言葉の意図が掴めずぽかんと固まった大和だったが、すぐに正気を取り戻す。

「瑠衣、どういう意味だ？　そもそも俺たちの結婚はその話から始まったんじゃなかったか？」

クライアントから意向を聞き出すのに長《た》けているはずの弁護士が、自分の妻の発言の真意がわからず困惑する。

大和はここ最近感じていた気まずさや嫉妬などの感情をすべて横に置き、瑠衣の心の内側を理解しようと頭を切り替えた。

落ち着いて話をしようと瑠衣の肩を抱きながらソファに座り直し、顔を覗き込むようにして視線を合わせる。

「まず、これは瑠衣のものなんだよな？」

手に持った数字の振られたシートを見せると、瑠衣は小さく「はい」と頷いた。

以前自分がプレゼントしたポーチを使ってくれているのは嬉しいが、中身が中身なだけに複雑な気分だ。

「痛みが酷いとか生理不順とか、そういうものの改善じゃなく、避妊が目的で飲んでた？」

低用量ピルは九十九パーセントの確率で避妊ができる他に、不快症状であるＰＭＳの改善にも用いられる薬だ。

以前痛みで辛そうにしていたのを見た記憶があったため念のため確認したが、この質問にも瑠衣は首を縦に振った。

頷いた拍子に、彼女の大きな瞳からぽろぽろと涙が零れ落ちる。

こんな風に泣く姿を見るのは初めてで、大和は焦燥感に駆られた。堪らず肩を抱く腕に力を込め、あやすように手でぽんぽんとたたく。

「疑うような言い方をして悪かった。ゆっくりでいい、瑠衣の気持ちを聞かせてほしい。隠さないで、全部」

「大和さん……」

探るように佐藤の話を持ち出したが、瞬時に否定した様子はとても嘘をついている

ように は見えない。

瑠衣が不貞を働くと思ったわけではないものの、彼女の気持ちを言葉にして聞いたことはなく、不安から口走ってしまった。

大和が自らの余裕のなさを恥じて詫びると、頬を伝う涙を手のひらで拭い、何度か大きく深呼吸を繰り返したあと、瑠衣も同じように謝った。

「私も、大きい声を出してごめんなさい」

それから、おずおずと口を開いた。

ニュースで話題になるほど大きなM&Aの案件や、短期間の海外出張で慌ただしくしている大和を見て、海外を拠点に活動した方がいいのではと考えた。

しかし子供ができてしまえば事務所を継ぐしかなくなり、アメリカへ渡るチャンスがなくなってしまうと懸念しているのだと話す瑠衣に、大和は穏やかな声音を意識して口を挟んだ。

「俺はアメリカへ行く気はないよ」

確か、以前もニュースを見ながら『いつかまた、アメリカで彼らと一緒に働きたいですか？』と聞かれた。

その時にきっぱりと否定したはずだが、なぜ再びそんな懸念が湧いたのか。

窺《うかが》うように見ると、きゅっと唇を噛みしめ、潤んだ瞳でこちらを見上げてきた。

「もし父が病気じゃなくて、事務所を継いでほしいと言われなかったら？」

「え？」

「事務所を継ぐ約束も、私との結婚もしないで済んでいたら、それでも大和さんはずっと日本にいましたか？」

瑠衣の質問に眉根を寄せる。

〝しないで済んでいたら〟だなんて、まるで望んでいなかったような言い方をするが、恩師の娘だと手をこまねいて見ているしかなかった大和にとって、瑠衣との結婚は降って湧いたような千載一遇の好機だったのだ。

（瑠衣と一緒にいられる今、結婚しなかった未来など考えられない）

そんな大和の思考など知らぬ瑠衣は、答えが返ってこないのに苦い顔で笑って話を続けた。

「留学してカリフォルニア州の弁護士資格を取ったってことは、少なくとも以前は向こうで働く可能性を考えてたってことですよね？　でも大和さんは誠実で優しいから、私と結婚して事務所を継ぐと承諾した今、アメリカへ行きたいとは言わないでしょう？」

どうにも話が噛み合わない。

留学して向こうの弁護士資格を取ったのは、外資系の企業などを相手にする時に強みになると思ったからで、当初から如月法律事務所に骨を埋める覚悟だった。

しかし、瑠衣は大和がアメリカへ行きたがっている前提で話を進めている。大和は首をかしげ、彼女を見つめた。

「留学から帰国した時に、向こうでの仕事は規模が大きくてやり甲斐があったと話してくれましたよね。その時、『機会があれば』って言ってたから、きっといつかアメリカに戻っちゃうんだろうなって感じたのを覚えてて……。出張も立て続けだし、聞こえてくる電話も英語で話してることが多くなったし。それに、ここ最近いつもと様子が違ったから。もしかして、私に言えないことで悩んでるのかなって」

徐々に彼女の言いたいことがわかってくると、大和は落ち着かない気持ちになった。

「大和さんにとって恩師である父からの頼み事だから、この話を断れなかったのはわかってるんです。今、私を妻として大切にしてくれているのも伝わってるし、すごく幸せです。だけど、もし父の提案がなければ、今頃大和さんは海の向こうにいたかもしれない。留学していた頃の同僚だって、あなたを待ってる。そう思ったら、私……」

言葉を詰まらせる瑠衣の瞳は再び涙を湛え、必死に気持ちを伝えようとしてくる彼女に胸が苦しくなる。

「このまま一年くらい子供ができなければ、父も後継者について考え直すかもしれない。自分の孫に事務所を継いでほしいと願っている父には申し訳ないと思ったけど……大和さんにとって後継者とか、私との結婚が足枷になって〝機会〟を奪ってるんだとしたら、私は妊娠するわけには――」

「瑠衣……っ！」

そこまで聞き、瑠衣がなにを不安に思っているのかを正しく理解すると、大和は抱いていた華奢な肩を引き寄せ、両腕で力強く抱きしめた。

話の途中での急な抱擁に瑠衣が戸惑っているのがわかったが、大和は構わず腕に力を込める。

瑠衣を悩ませた自分への不甲斐なさに憤りを感じるとともに、ひたすらに大和のことを考えてくれる瑠衣の健気な心に愛おしさが溢れてくる。

「それで、ピルを飲もうと思ったのか」

「……ごめんなさい。黙って、勝手に」

「謝るのは俺の方だ。こんなに悩ませていたなんて、まったく気付けなかった」

身を切られる思いで瑠衣を抱きしめ、懇願するように許しを請う。

「すまない、瑠衣。俺のために悩ませてしまって」

そっと身体を離し、赤くなった目元から溢れる涙を拭ってやると、柔らかく白い頬がほんのりと色づく。

その柔らかい感触を愛おしく思い、両手で頬を包んだまま額を合わせた。

「でも、これだけは覚えておいて。俺はいくら恩師から頼まれたって、好きでもない女性とは結婚しない。瑠衣が好きだから、先生からの提案を受け入れたんだ」

「好きって……え？　でも最初は父の希望を叶えたいからって」

「確かにそう言った。ごめん、でもあれは口実」

「口実？」

六つも年上の男として情けない裏事情だが、こんな風に瑠衣を悩ませてしまった以上、すべて正直に話すべきだと大きく息を吐いてから話し始めた。

「瑠衣は先生から結婚の話を聞いた時、俺のことを好きでもなんでもなかったし、むしろ断ろうとしてただろ？　それに、先生から病気を打ち明けられてそれどころじゃなかった。そんな時に俺からずっと好きだったなんて言われても困るだろうと思って、先生に恩があるというのを口実にさせてもらった」

「結婚していた方が信頼されるからメリットがあるって言ってたのは……」

「それこそ取ってつけた口実だ。お互いに得があるという言い方をして、瑠衣を納得させようとしてた。それくらい、どうしても結婚に頷いてほしかったんだ」

大和の説明に、瑠衣は涙が乾いた瞳をぱちくりと瞬かせる。

なにも言わずとも、わかりやすく『どういう意味？』と浮かぶ顔が可愛くて、口元が自然と緩んだ。

「温かい家庭で育った瑠衣をいい子だなって思ってた。留学から帰ってきて久しぶりに会った時、俺を『おかえりなさい』って出迎えてくれたの、覚えてる？」

「お、覚えてます……。久しぶりに会ったのに大和さんが無言でじっと見てくるから、緊張して言葉が出てこなくて」

「あの時、俺は瑠衣を女性として好きになったと思う」

「ええ？」

驚きに身体を跳ねさせた瑠衣は、のけぞるようにしてまじまじと大和を凝視する。

「制服姿の印象が強かった瑠衣が、久しぶりに会ったら大人の女性になっててすごく驚いた。それと同時に、話すと中身は変わってなくて安心もしたんだ。瑠衣の隣は居心地がよくて、誰にも譲りたくないって思った」

「は、初耳です」

大和の告白に耳を赤くさせ、続きを促すように上目遣いで見上げてきた。

「うん、初めて言った」

こうした可愛らしい仕草を見るたびに、加速度的に惹かれていく。それは不思議と心地よく、溺れていると気付いても引き返したくはなかった。

「好きだって自覚したものの瑠衣と会う機会はそこまでないし、先生の娘だって思うと表立って口説くのも躊躇いがあった。そんな時にあの提案を聞いて、一も二もなく飛びついた。先生に病気が見つかったっていうのに、不謹慎だよな。でも瑠衣と結婚できるなら、事務所を継ぐのに迷いはなかった」

「……アメリカへ行きたいとは思わなかったんですか？」

「思わなかった。元々留学したのは日本企業のグローバル化に対応する力をつけたかったからで、向こうで働く気はまったくなかったよ。嘘や遠慮じゃなく、本当に」

「でも……」

不安を宿した瞳を揺らす瑠衣に本心が伝わるよう、真っすぐに見つめる。

「前に『機会があれば』なんて言ったのは、瑠衣が留学していた俺を尊敬してるみたいに言ってくれたから、カッコつけたかっただけなんだ。本当にやりたい仕事は日本にある。案件の大きさに拘りはないし、アメリカに未練もない。それより、世話になった先生の事務所を守りながら、瑠衣と一緒にいたい」

「大和さん……」

元々学生時代に英利に出会い、彼の下で働いてみたいと思ったのがきっかけだったが、実際に英利の仕事ぶりを目の当たりにするうち、彼のような弁護士になりたいと明確な目標となった。

穏やかな人柄でクライアントの話を汲《く》み取るのもうまく、多方面から人望が厚い。しかし必要とあらば時に冷徹な判断も下す判断力も実行力もあり、どれだけ大和が周囲からエリートだと言われても、英利には到底及ばない。

まだまだ彼の下で勉強したいことは山のようにあり、『困った人や企業の手助けをする場所』だと英利が言う如月法律事務所で、彼やクライアントの力になりたかった。

そう話すと、瑠衣の瞳から不安の色が少しずつ消えていき、戸惑いと喜悦の色がないまぜに映っている。

「紛らわしい言い方をして悪かった。でも、もし俺のためを思うのなら、二度と自分を足枷だなんて思わないで。決して俺から離れようなんて考えないでくれ」

瑠衣の両肩に乗せた手が力み、小さく震える。大和は腹の底からの本心を唸《うな》るように絞り出した。

「俺はもう、瑠衣のいない人生なんて考えられない」

普通の恋人が辿る順序をすっ飛ばして結婚したのだから、ゆっくりと時間をかけて好きになってもらう努力をするつもりだった。

気持ちを押しつけず、真綿で包むように大切にして、穏やかな家庭を築ければいいと思っていた。

身体を重ね、少しずつ心の距離も縮まり、夫婦として順調な滑り出しだったはずが、瑠衣の昔の恋人の出現で、大和本人すら知らなかった独占欲や嫉妬心を過剰に煽られた。

弁護士として常に冷静に物事に対処できると自負する大和が、感情をうまくコントロールできずに瑠衣を悩ませてしまっていたとは情けないことこの上ない。

「ここ最近いつもと様子が違って見えたのは、瑠衣が佐藤社長と親しそうに話していたのを見たからだ」

「あ、それ。どうして大和さんが孝弘くんを知ってるんですか？　その、私との関係とか、やり直さないかって言われた話まで……」

気まずげに尋ねてくる瑠衣を見ると、燻《くすぶ》っていた嫉妬の炎がチリっと爆ぜる音がする。

大和は佐藤が自分のクライアントであること、雑談で元恋人に復縁を持ちかけた話を聞いたこと、その前日に瑠衣と話しているのを遠目で見ていたので、相手は瑠衣だろうと予想がついたのだと話した。

「大和さんのクライアント……あ、だから孝弘くんは会社がバタバタしてるって言ってたんだ」

ひとり納得する瑠衣を、すうっと目を細めて見やる。

「目の前で昔の男の名前を何度も呼ばれるのは面白くないな」

「あっ、ごめんなさい」

素直に口を押さえて謝る瑠衣を見て、自分の余裕のなさに苦笑が漏れる。

「自分でも初めて知った。こんなに嫉妬深かったなんて。情けないな」

「そんなことないです。大和さんには申し訳ないけど、ちょっと嬉しいって思っちゃいました。なんだかすごく……愛されてるみたいで」

器の小さな自分に肩を落とす大和とは反対に、瑠衣ははにかみながらも嬉しそうに笑った。

「〝みたい〟じゃなく、ちゃんと実感して」

「え？」

「愛してる。瑠衣」

　クスクスと笑っていた瑠衣が、大和の言葉にハッと息をのんだ。

　彼女が〝アメリカでの仕事に未練はない〟〝自ら望んで結婚した〟という大和の言葉を信じられないのなら、できることはただひとつ。

　胸に溢れるほどの愛を伝え続け、彼女を安心させるしかない。

　瑠衣が信じられるまで何度だって言おうと、大和は真摯に言葉を紡いだ。

「ずっと瑠衣が好きだった。だからプロポーズしたし、瑠衣との子供なら欲しいと思った。入籍後一ヶ月で避妊をやめた時、子供ができれば瑠衣と一生一緒にいられるとズルいことも考えてた。それくらい、手放したくないんだ」

「大和さん……」

「瑠衣、好きだ。愛してる」

　生まれて初めて口にした愛の言葉は、瑠衣のひとりよがりに拗《こじ》れて凝り固まった思考を溶かすのに十分な威力を持っていた。

「私……怖くて。大和さんが本当に望んでいるものを諦めていたらどうしようって。だから、選択肢を奪わないようにしなきゃって……」

「うん」

縋るように見上げてくる瑠衣の頬を包み、零れ落ちる涙を唇で拭う。

「これからも、ずっと一緒にいてもいいですか？」

「もちろん。いてくれないと困る」

「本当に？　私、大和さんの未来を奪ってない？」

「なにも奪ってない。むしろもらってばかりだ」

瑠衣といる時間は落ち着くし、どれだけ仕事で疲れて帰ってきても、彼女の顔を見るだけで癒やされた。

縁のなかった温かい家庭を与えてくれただけでなく、本気で恋に溺れる感情までも味わっている。

瑠衣と結婚しなければ、一生知らなかったものばかりだ。

そう伝えて微笑むと、瑠衣は頬を包む大和の手に小さな手を重ね、微笑み返してきた。

「私、大和さんが好きです」

初めて気持ちを言葉にされ、大和は目を瞠った。

「確かに、最初に父から話を聞いた時は断るつもりでした。でも、大和さんと一緒に過ごすうちに、いつの間にか入籍するのを楽しみにしている自分に気付いたんです」

重ねられた手の薬指には、大和が贈った指輪が輝いている。

〝運命の出会いを果たしたふたり〟というコンセプトの指輪の中央には、愛し合うふたりを模したふたつのダイヤが並び、いつかこの指輪に似合う夫婦になろうと誓ったのだ。

少しずつ距離が近付いていたとはいえ、自分の想いの方が大きいと思っていた大和は、入籍前から心を寄せてくれていたという事実に喜びを噛みしめる。

「誰になにを言われても、大和さんを好きだって気持ちは揺らがなかった。好きです、大好きです」

「ありがとう。俺も……好きだよ、瑠衣」

「跡継ぎとか関係なく、いつか大和さんとの子供が欲しいって、夢見てもいいですか？」

「もちろんだ。瑠衣との子供なら、間違いなく可愛い」

大和の言葉に本当に嬉しそうに幸せな笑顔を咲かせてくれる瑠衣が可愛くて、隣り合って座る腰を抱き寄せ、顎を掬《すく》い上げる。

口づけの予感を察した瑠衣が身体をビクリと震わせ、それでも身を任せるようにぎゅっと目を閉じた。

（可愛い。本当に、可愛すぎて困るな）

大きくて印象的な黒い瞳が閉じられても、真っ白で柔らかそうな頬や主張しすぎない鼻、小さくてぷっくりとした赤い唇など、どれをとっても小動物のように愛らしく、頭から食べてしまいたくなるほど愛おしい。

なによりも大事に、まるでお姫様のごとく大切に扱って愛おしみたい感情とは裏腹に、この少女のように清純無垢な瑠衣を自分の手で乱して大人の女の顔にさせ、自分だけを欲しがらせたい。

そんな獣じみた欲求が湧き、大和は自分自身に苦笑する。

疚《やま》しい欲望を抑え込むように額と頬に軽いキスを落とすと、予想外だったのか、瑠衣がパチッと目を開けた。

「大和さん？」

想いが通じ合った今、すぐにでも寝室に連れ込みたい欲求はあるが、その前にどうしても確認しておきたいことがある。

「断ったんだよな？　彼からの復縁の話」

「もちろんです！　あの、その場ではすぐに言えなかったですけど、でも昨日ちゃんと電話して断りました」

「へぇ。どうやって断ったの？」

意地の悪い質問だとわかっていても、瑠衣の口から聞きたかった。

「え？　あ、その、気持ちは嬉しいけど、結婚してるから。……私は大和さんが好きだから、やり直せないですって」

後半につれて瑠衣の声が小さく萎《しぼ》む。

頬を染めてはずかしそうに話す姿は嗜虐心《しぎゃくしん》をそそり、彼女の口から大和の名前しか言えないようにしてやりたくなる。

「いい子だ」

その表情に満足した大和は褒めるように瑠衣の髪を撫で、そのまま頬や首筋にも指を這わせていく。

吐息が触れる距離まで近付き「瑠衣」と低く囁き声で名を呼ぶと、そのまま大きなソファにそっと押し倒す。

ぽすんと背中をついた瑠衣は驚きにこちらを見上げ、大和はそんな彼女の腰を跨ぐようにして乗り上げた。

徐々に大胆に肌を辿っていき、服の裾から手を差し入れる。

擽ったそうに身を捩る瑠衣だが、嫌がる素振りは見せない。

「あ、あの、大和さん、ここで？」

「うん。だめ？」

「でも、だって明るいですし」

「ちゃんとあとで照明は落とすよ」

「あとでじゃ意味ないです！　それに、シャワーとか」

「ごめん、もう待てない」

言うが早いか大和は瑠衣の唇を奪い、歯列を割って舌を差し込み、口腔を満たす。

何度味わっても甘い瑠衣の唇を堪能し、息苦しさに胸を喘がす彼女を腕の中に囲い込んだ。

「ん、はぁっ」

「他に言いたいことは？」

なにを言われても抱く手を止めないつもりだったが、瑠衣から予想外の名前が飛び出してきた。

「あの、ひとつだけ。井口沙良さんとは会われましたか？」

大和は瑠衣の上で淫らに蠢《うごめ》いていた手を止め、驚きに満ちた表情で彼女を見つめる。

「どうして井口を？」

先程とは反対に、大和が瑠衣に尋ねる番だった。

「あの、アナスタシアに宿泊されてるお客様なんです。アメリカから大和さんに会いに来たって」

嫌な予感に顔を顰める。

先程の〝留学していた頃の同僚も待ってる〟という瑠衣の言葉が妙に胸に引っかかったのだ。

大和は瑠衣の背中に腕を差し入れて上体を起こしてやると、そのまま横抱きにして膝の上に乗せた。

「まさかとは思うけど、井口になにか言われた？」

「や、あの……この格好じゃ話せないです」

照れて下りようとする瑠衣の腰をがっちりと掴んで抱き込むと、諦めたのか動かなくなった。

小さく背中を丸め、耳からうなじまで真っ赤になっている姿が劣情を誘うが、今は話の続きだと腰に回した手を拳にして耐える。

「それで？　彼女になにを言われた？」

自信過剰で行動力のある沙良のことだ。もしかしたら事務所で大和が所長の娘と結婚したと知ったあと、相手がホテルで働いていることまで調べ上げて会いに行ったとも考えられる。

瑠衣の話では、フロントでたまたま客として来た沙良に対応したのが彼女だったらしい。

如月法律事務所への行き方を聞かれ、さらに『忘れられない人に会いに来た』と話した沙良の相手が大和だとは思わず、いくつかおすすめのレストランを紹介したようだ。

「初めてお会いした時は、私が大和さんの妻だって知らずにホテルの従業員として接しただけなんですけど、今日は話がしたいと私を待っていて。その、自分の方がパートナーに相応しいから、大和さんと返して、と……」

とんでもなく誤解を招く沙良の発言に、大和は額を押さえ、苛立たしげにため息をついた。

瑠衣の悩みに追い打ちをかける存在になったであろうことは想像に難くない。

（久保の奴が余計な話までするから……）

宿泊先にアナスタシアを選んだのは偶然だろうが、大和が結婚したと知り、さらに相手が所長の娘だと聞いたせいで、選ばれたのがどんな女性なのか気になったのだろう。

　大和が帰ったあとでさらに聞き込み、アナスタシアで働いていることや、所内では政略結婚だと噂されているのを知ったのかもしれない。

「ごめん。嫌な気持ちにさせたよな」

「びっくりはしましたけど、今の大和さんは私を大切に思ってくれてるって信じてるので大丈夫です」

　気を遣わせないようにと言ってくれているのだろうが、彼女の頭の中と真実に大きく齟齬《そご》が生じている気がする。

「信じてくれるのは嬉しいけど、誤解されたくないからハッキリ否定しておく。井口とはなにもない」

「……え？」

　瑠衣の表情を見るに、過去の恋人だと思われているのは明白だった。

　そう捉えるよう、沙良が言葉巧みに話したのだろう。

　プライドの高い彼女のことだ。自分に靡かなかった男がいるのを認めたくなかったのかもしれない。

「確かにロスの弁護士事務所で一緒に働いていたし、異性として好意を持たれているのもわかってた。でも付き合ってはいないし、もちろん男女の関係も一切なかった」

「そう、なんですか？　でも、井口様のお父様も大和さんのことを気に入ってるって」

「あぁ、向こうにいた頃、井口の父親が役員を務める企業のＭ＆Ａに関わったことがあって、何度か『うちの娘をよろしく』なんて言われたけど、全部受け流してきたんだ。先週井口が突然事務所に来て、アメリカに戻るべきだと言い張ってたけど、ハッキリ断ったよ。まさか瑠衣のところにまで行くなんて予想外だ。悪かった」

「いえ、謝らないでください。井口様、私たちが政略結婚だって聞いたみたいなので、大和さんを日本に縛りつけている妻にひと言言いたかったんだと思います。わざわざアメリカから来るくらいですから、本当に大和さんを忘れられずにいたんでしょうし……」

　優しい瑠衣はやるせなさそうに口籠るが、大和はそうは思わない。自由恋愛主義で奔放な沙良はそんな殊勝な女性ではなかったはずだ。

　長期休暇で日本へ遊びに行くと決めた時、過去にモノにできなかった男が日本人だと思い出したといったところだろう。

「井口がなにを思っていようと、俺は彼女に興味はないし、アメリカへ渡る気もない」

そう言う大和に、瑠衣も躊躇いがちに頷いた。

あの時きっぱり断ったつもりだったが、諦めていなかったのか、それとも政略結婚だと聞き、まだ望みはあると思い返したのか。

どちらにしろ、もう一度顔を合わせて話し、二度とこうしたことが起こらないようにしなくては。

「井口ともう一度話そうと思う。今度こそちゃんと諦めてもらわないと」

大和はスマホを取り出すと、用件だけを簡潔に打ち込んで送信した。

「瑠衣、他には？　もう抱えてるものはない？　不安も不満も、全部聞かせてほしい」

「いえ。もうなにもないです。大和さんの気持ちも聞けて、胸がいっぱいで……」

「じゃあ、続きをしてもいい？」

膝の上に乗せた瑠衣の顎を掬い上げ、唇に音を立ててキスを落とす。

「んっ」

「この数日ですっかり瑠衣不足だ」

一枚ずつ服を脱がせていくうち、落ち着かないのか瑠衣がもぞもぞと腰を動かす。

その様子こそ大和を興奮させ煽っているとも気付かず、瑠衣は隠すように胸の前で手をクロスさせ、大和がスカートのファスナーに手をかけるのをじっと見ていた。

手際よく下着姿にさせると、今度は大和が目の前の彼女の肢体に釘付けになる。

「……これ、初めて見た」

白地に黒のレースがあしらわれた下着は、これまで大和が見てきたものよりも布地の面積が少なく、可愛らしさよりもセクシーさを押し出したデザインだ。

カップのフロントと同じ大ぶりの花柄のレースがヒップ部分にも施されているが、そこはレースのみで布地はなく、瑠衣の真っ白で柔らかそうな肌が透けている。

腰のサイドで結ばれている細い紐とリボンも黒で、やはり白い肌に映え、華奢なわりに女性らしい身体つきの瑠衣によく似合っていた。

これまで女性の下着に好みなどなかった大和だが、ベビーフェイスの瑠衣が着るセクシーなランジェリーのアンバランスさに、倒錯的な昂《たかぶ》りを感じる。

まじまじと見つめる視線に耐えられなくなったのか、瑠衣が頬を赤らめて、その下着を選んだ経緯を説明する。

「あ、あの、井口様を元カノだって思ってたから、大和さんはもっと大人っぽい女性が好みなのかなって。だから……」

「瑠衣」

「似合わないですか？」

膝に乗せた状態の至近距離で不安そうに見つめてくる瑠衣の破壊力抜群な姿に、目眩《めまい》すら感じる。

これが計算ではないのが瑠衣であり、惹かれた理由でもある。いわゆる天然小悪魔というやつだ。

「いや。俺の好みは瑠衣だから。なにを着てようと可愛いし、他と比べたりしない」

必死に理性を掻き集めながら答えるが、頭の中は沸騰寸前だった。

(俺の好みを考えながら下着を選ぶって……あぁ、やばい。このままだと抱き潰しそうだ)

大和に抱かれる準備をする瑠衣を想像し、早く愛し合いたい欲求が頭をもたげる。

しかし、ようやく瑠衣の気持ちを言葉で聞けたのだから、今日は優しく丁寧に、初夜のような気分で抱くべきだと自分を戒めた。

「可愛いデザインもいいけど、こういうのも新鮮でいい」

すると、大和の言葉に安心した瑠衣が、嬉しさを顔いっぱいに表現した笑顔を見せた。

(あぁ、この笑顔だ)

ずっと、瑠衣のこの表情が見たかった。

計算や打算の一切ない純粋な笑顔は大和を癒やし、愛しい気持ちでいっぱいにさせる。

触れたくて逸《はや》る気持ちを持て余し、剥がれ落ちそうな紳士の仮面を投げ捨てたくなるが、ギリギリで年上の男の矜持《きょうじ》を保とうと、こっそり深呼吸をした。

下着越しに胸の膨らみに口づけながら、腰のリボンを指先で撫でたあと、その先端をそっと引っ張った。

「あっ」

いとも簡単にはらりと解けた紐は意味を成さずに太ももに垂れ下がり、瑠衣が慌てて押さえようとする。

「だめ。瑠衣の手はここ」

彼女の手を自分に首に回させ、鎖骨や胸元を舌で擽りながら、両手は半分脱げかけた下着をからかうようにお腹や太ももを撫で回す。

「なんで、このまま……？」

「ん？　脱がせてほしい？」

気持ちを伝え合ったにもかかわらず、つい彼女から求めてほしくて、意地悪く笑う。

大和の意図を理解したのか、瑠衣が潤んだ瞳で睨んでくるが、そのちっとも鋭くならない眼差しすら愛おしい。

少しでも力加減を間違えると痕がついてしまいそうな白く柔らかな素肌を堪能し、小さな快感をいくつも植えつけていく。

身体の上を滑る大和の愛撫に焦れた瑠衣が、首にぎゅっと抱きつきながら涙声で訴えた。

「もう、お願い。今日は焦らさないで……」

耳元で囁かれたおねだりの甘い声音に、自ら仕向けたはずの大和の理性が焼き切れた。

噛みつくように深く口づけ、膝に乗せたまま指で瑠衣の身体をとろとろに蕩かすと、その体勢のまま彼女を貫く。

自分の体重に加え、下からも大和に突き上げられ、瑠衣は悲鳴にも似た甘い嬌声《きょうせい》を上げた。

向かい合い、隙間なく抱きしめ、求め合うまま名前を呼んで愛を刻む。

「瑠衣、瑠衣……」

「あ、や、大和さん、すき、だいすきです」

「俺も。愛してる」

最後は余裕も技巧もなく、ただ本能のままに貫き、瑠衣を揺さぶり、痺れるほどの快感を同時に味わった。

慣れない体勢に疲れ果ててくったりと身を任せてくる瑠衣を支えながら、細い肩に唇を寄せる。

今までは翌日には残らないような薄い印しかつけられなかったが、もう遠慮しなくていいのだ。

立て続けに二ヶ所に所有の証をつける。いい大人がすることではないとわかっているけれど、朱色に咲いた花びらに心が満たされる。

すれ違ったままでいたら、一年後には失っていたかもしれない。そう考えるだけで恐ろしい。

些細なことで嫉妬もしたし、過去の不用意な発言で瑠衣を不安にさせてしまったが、本音で話し合った今、ようやく本物の夫婦になれたような気がする。

これからは今まで以上に彼女を愛し、言葉を尽くし、どんな苦難もふたりで乗り越えていこう。

腕の中で荒い息を整えている瑠衣の髪を梳き、汗ばんだ額にキスをすると、たった今まで快楽に耽っていたとは思えないほど清らかで無垢な笑顔を見せた。

（この笑顔を一生そばで守ってみせる）

瑠衣を抱く腕に力を込め、永遠にこのまま抱き合っていたいと、大和は本気で思った。

9．永遠を誓う指輪のように

土曜日の昼過ぎ、瑠衣はアナスタシアのラウンジにいた。

高級感溢れるラグジュアリーな空間は、自分の職場とはいえ私服だと場違いな気がしてしまう。

結婚式の参列者の集まりや、お見合いと思わしき振り袖姿の女性を連れた家族など、多くの人で溢れ、どこか非日常的な空気が漂っている。

瑠衣は以前来た時と同じ席に座り、同じ人物と向かい合っていた。

違うのは、呼び出されたのではなく呼び出したのだということ。そして、隣に大和がいるということ。

「珍しくあなたから誘ってくれたと思ったら。夫婦同伴なんて聞いてないわ」

運ばれてきたコーヒーに一瞥《いちべつ》もくれず、沙良は不満げな声を出した。

沙良にきっぱりと引導を渡すと決めた大和は、電話やメッセージではなく対面で話すため、彼女をホテルのラウンジへ呼び出した。

てっきり彼と沙良のふたりで話すものだと思っていたが、瑠衣もその場に立ち会うように言われたのは今朝のこと。

数日前、互いの本音をすべて打ち明け、夫婦間にあったわだかまりがすべてなくなった。

ほとんど瑠衣がひとりで考えすぎていただけだったが、最近の大和のよそよそしい態度の原因が佐藤に対する嫉妬だったとわかり、さらに沙良との関係も誤解だと知った。

大和は留学中も彼女と個人的な関係はなく、帰国直後から瑠衣に淡い想いを寄せていたのだという。

信じるまで何度でも伝えると言った彼の真剣な眼差しに嘘はなく、心に渦巻いていた不安や嫉妬心は、大和が些細な過去の出来事や心境まで瑠衣に打ち明けることで、すべて消し去ってくれた。

父の病気を知った直後に告白されていたら、大和の言う通り、それどころではなく困惑していたと思う。

ソファで無我夢中で愛し合ったあと、はずかしいから嫌だと抵抗したのも虚しく、ふたり一緒に風呂に入り、そこで色んな話をした。

大和は元々如月法律事務所に骨を埋めるつもりで就職したし、M&A専門の弁護士としてどんな企業相手にも対応できるよう海外の法務を勉強しようと留学したこと。働いていたR&Tを去る際『このままウチで働かないか』と打診はあったものの、英利の下で働きたいからその場で断ったこと。

さらに、結婚前に如月の籍に入るべきかと聞きに行った時の英利の言葉も教えてくれた。

『特に名前や血筋に拘ってるわけじゃないんだ。僕はね、ただ父から受け継いだこの事務所が、困った人や企業の手助けをする場所として、ずっと続いてくれればいいと思ってる』

そう言った英利にとって、ふたりの子供に事務所を繋いでいってほしいというのは本音ではあるけれど、希望であって決して強制ではない。

もしも子供ができなくても、瑠衣のように弁護士にならなかったとしても、きっと英利なら幸せを願ってくれるだろうと、彼の気持ちを代弁した。

瑠衣の父がきっかけで弁護士になったのは知っていたけれど、大和が英利に対してどれほど尊敬の念を抱いているのかを目の当たりにし、若干の違和感を抱いた。

（お父さんって、そんなにすごい弁護士だったんだ）

家では愛妻家として妻の依子を大切にし、瑠衣にとってもとても優しい父親。たまに突拍子もないことを言い出して依子と瑠衣を困らせる、どこにでもいる普通のおじさんだ。

そう告げると、大和は可笑しそうに笑って頷いた。

『どれだけ優秀な弁護士だって、大切な女性の前では普通の男だよ。もちろん、俺も』

滴るような色気を含んだ流し目に捉えられ、そのまま風呂場でも情熱的に抱かれた。

これでもかと愛を伝え、大事にしようと言葉だけでなく態度で示されれば、瑠衣の心にこびりついていた不安など溶けてなくなっていく。

だから大和が沙良とふたりで会うことに抵抗はなかったのだが、大和は少しの不安も与えたくないと告げてきた。

過保護なほど甘やかされている気がしてむず痒いが、当然嫌な気はしない。

むしろ大切にしてもらえて嬉しいし、安心させようと心を砕いてくれる大和の誠実さと頼もしさに、より一層惹かれていく。

しかし沙良はふたりきりではないのが不服らしく、美麗な顔を歪《ゆが》めて大和を見つめている。

彼はそんな沙良のクレームを取り合わず、用件だけをきっぱりと言葉にした。

「先日も言ったが、俺はアメリカへ行く気はないし、未練もない。今後、彼女に誤解を招くような話をするのはやめてくれ」

自分と話す時とはまったく違う低く冷徹な声音に、隣にいた瑠衣は小さく息をのんだが、沙良は怯まずに言い返す。

「どうして？　せっかくこっちの弁護士資格も取ったのに。確かにあなたのいる事務所は日本では比較的大手のようだけど、扱う案件も、手に入れられる金額や名誉も、こっちとは雲泥《うんでい》の差があるわ」

瑠衣は口を挟まずにふたりのやり取りを聞いていた。彼女の言う通りだと思っていたからこそ、瑠衣も悩んでいたのだ。

大和のためを思いながらも、彼の気持ちをまるっきり無視して突っ走っていた。まさに、目の前にいる沙良と同じように。

アメリカへ行く気はないと言った大和の言葉を信じきれず、選択肢を与え、背中を押してあげるのが自分の役目だと思い込んでいた。

きちんと腰を据えて話したことで、それは大和の望むものとは違うのだと、ようやくわかった。

我に返ると、暴走していたのがとてもはずかしく感じる。

しかし、沙良はいまだに大和がアメリカで活躍するのが最善だと疑っていない。

「それにうちの父だって、あなたをクローバーの顧問弁護士に推薦してもいいと言っているのよ？　日本に拘るのはなぜ？　今の職場に弱みでも握られているの？」

沙良がじろりと瑠衣に視線を投げる。

所長の娘を押しつけられ、今の事務所を退職できないのだと推測したというところだろう。

昨日までだったら、大和が瑠衣と結婚したのは英利への恩義ゆえなのだから、弱みと捉えられても仕方がないと、彼女の言い分を真に受けて落ち込んでいたかもしれない。

しかし、彼の気持ちをすべて聞いた今は、沙良の棘のある言葉にも傷つきはしない。

険しい視線を瑠衣が毅然《きぜん》と受け止めたのが気に入らないのか、沙良は眉を顰《ひそ》めた。

「お飾りの妻なら、夫の邪魔をするべきじゃないわ」

「井口。それ以上瑠衣を侮辱するなら、俺にも考えがある」

「だって……おかしいじゃない。R&Tはアメリカでも五本の指に入るほど大手なのよ？　アメリカだけじゃなく世界中から仕事が舞い込んでくる。そんな事務所から求められているのに」

食い下がる沙良に、大和はきっぱりと自分の意見を述べる。

「俺がなによりも大事にしたいのは妻の瑠衣だ。恩師であり彼女の父親から託された事務所を守るという目標もできた。それに、能力さえあれば日本にいようと世界各国の顧客と渡り合うことはできる」

沙良は信じられないと目を見開き、首をゆっくりと横に振った。

確か初対面の時に、彼女は大和を『仕事しか頭にない堅物』だと称していた。

そんな彼が、瑠衣をなによりも大切な存在だと言い切ったのが受け入れられないのだろう。

「そんなに、その人が大事？」

「あぁ」

「世界を動かす仕事よりも……？」

「比べるものじゃない。瑠衣がいるからこそ、世界を動かす仕事ができるんだ」

きっぱりと言い切る大和に頼もしさを感じる一方で、瑠衣は諸手《もろて》を挙げて嬉しいと表情に出すわけにはいかなかった。

沙良の綺麗にネイルの施された指先が宙を舞い、それから皺の寄った眉間を押さえる。

泣いてしまうのではと危惧したが、それを瑠衣が気遣うのも違う気がした。

三人の間にしばし沈黙が流れる。ほんの数秒が、いやに長く感じた。

「……わかったわ」

最初に口を開いたのは沙良だった。

「諦める。大和をアメリカに連れ戻すのも、大和自身も」

軽く両手を上げ、降参だとポーズで示しながら深いため息をついた。

「仕事よりも女が大事なんて。変わったのね」

「彼女のおかげだ」

「そう」

沙良は何度も小さく頷き、なんとか納得しようとしているように見えた。それを見つめる瑠衣の胸までもぎゅっと締めつけられる。

はるばるアメリカから休暇を利用して日本に会いに来るくらいだ。きっと軽くない想いなのだろう。

だけど、瑠衣も大和を必要としている。譲るわけにはいかない。

気を強く持って沙良を見つめたままでいると、ふと思い出したように彼女が口を開いた。

「……あなたの紹介してくれたレストラン、どこも素敵だった」

「え？」

これまでの突き刺さるような眼差しを和らげ、沙良が瑠衣に視線を向けた。

「言っておくけど、ひとり寂しく行ったわけじゃないわよ。ディナーの相手くらい適当に見繕えるわ。どこも雰囲気がよくて、美味しいお店ばかりだった」

「それは……よかったです」

大和と行くつもりで尋ねたであろう店に別の人間と行ったと聞かされ、どう反応していいのか迷う。

しかし、フロントマンとしては少し誇らしい。

（初対面の時も、きちんと謝意を伝えてくれた。きっと悪い人じゃない。ただ、大和さんを好きってだけだったんだろうな）

キツイ言葉や、わざと誤解を招くような言い方もされたが、それは大和への想いが深いゆえの暴走だったのかもしれない。

瑠衣がそう思っていると。

「それにしても、どうして日本の男って積極性に欠けるのかしら。こっちから誘わないと女ひとり持ち帰れないなんて。そういうのをこっちじゃ草食系って言うんでしょう？　なかなかうまい表現ね」

妖艶《ようえん》に微笑む沙良に、瑠衣は今しがた考えていた思考を放棄して絶句する。

（え？　アメリカから会いに来るくらい大和さんが好きなんだよね？）

そんな瑠衣の表情を読んだのか、可笑しそうに笑った。

「ごめんなさい。お嬢さんには刺激の強い話かしら？」

「いえ、あの」

「私にとって仕事の優先順位がなにより高いの。でも同じくらい恋愛だって楽しみたい。ひとりに絞ってたら、仕事に集中したい時に連絡されたり、遊びたい時に捕まらなかったり煩わしいでしょ？　その場で調達するのが一番効率的だと思わない？」

「え、えぇ……？」

「あ、大和は別よ？　同じ弁護士ならわかり合えるし、この若さでここまで優秀な弁護士なんてうちの事務所にもそうそういないもの。でももういいわ。ひとりの女に執着し続ける男に興味はないの」

混乱する瑠衣をよそに、沙良は立ち上がった。

「そうだ。最後にひとつ聞いてもいいかしら？」

問いかけは瑠衣ではなく、大和に向けられている。

「……なんだ？」

沙良の奔放な発言に呆れながらも、諦めると言質を取れたおかげか、幾分声が柔らかく感じられる。

「Ａｄａｍ社が近々ＡＩ技術を用いた新薬の研究や開発を行うＡＩ創薬に乗り出すって噂があって、どこか大手のＩＴ企業を買収するんじゃないかって話があるんだけど、国内にはそんな動きが見られないのよね。それならイギリスか日本辺りかもって思ったんだけど」

瑠衣にはなんの話かさっぱりわからなかったが、大和には通じたのか、沙良の言葉に答えはしないものの、口の端をわずかに上げ、肩を竦めてみせた。

「……まさかとは思ったけど。そう、本当に日本でも手腕を発揮しているわけね」

「さあ。なんのことだか」

「相変わらず食えない男ね。いいわ、情報公開を楽しみにしてる」

沙良は美しい仕草で伝票を持ち上げた。

「振られた男に奢《おご》られたくないから」

勝ち気な笑顔でそう言うと、ヒールの音を響かせながらふたりの前から去っていった。

（なんだか、色んな意味ですごい女性だったな……）

彼女の背中が見えなくなっても呆然としていると、大和が心配げに顔を覗き込んでくる。

「大丈夫か？」

「はい。なんというか……随分独特な恋愛観に驚いてしまって」

「気にしなくていい。以前からあんな感じだし、彼女が特殊なだけだ」

もしかしたら大和につれなくされてヤケになったのではとも思ったが、彼の口ぶりからそうではないのだろうと知れた。

なんとなく身体から力が抜ける。

「ありがとうございました。井口さんにきっぱり言ってくださって」

「礼を言われることじゃないよ。むしろ巻き込んでごめん」

瑠衣は首を横に振ると、最後に彼女としていた話の意味を尋ねた。

「あぁ、佐藤社長の会社の件だ」

「孝弘くんの？」

「クロージングして情報が公開されたら詳しく話すよ。瑠衣の元恋人だろうと大切なクライアントだから、最高の条件で契約してみせる。悪い話じゃないから安心して」

「はい」

仕事の話なら、きっと守秘義務もあるだろう。

多くを語らずとも意味を察せた沙良を羨ましくも思ったが、そこは同業者。わかり合える部分もあるのだろうと嫉妬心をのみ込み素知らぬ顔で頷いた。

すると、大和が目を眇めるようにしてこちらを見ている。

「大和さん？」

「とはいえ、妬けるものは妬けるな」

「え？」

「名前。また呼んでた」

「あっ」

彼の低くなった声にハッとする。昨夜も同じ指摘をされたばかりだった。

瑠衣としては佐藤を名字で呼んでいた期間がないだけで他意はないのだが、あからさまに拗《す》ねた顔をする大和に擽ったさを感じる。

先程飲み込んだ小さな嫉妬心が、すっと消えてなくなっていく。

「早く帰ろう。今夜は俺の名前だけしか呼べないようにしたい」

その言葉の裏にある真意を正しく受け取ると、瑠衣は耳まで真っ赤に染めながらもう一度小さく頷いた。

＊＊＊

十二月の最終週。法律事務所の年末年始は休暇となるが、ホテル業界は繁忙期。通常よりも休みは少なく、フロント勤務の瑠衣も多忙な毎日を過ごしている。

新年を日本で迎えようという外国人観光客も多く、今日は何度も英語で観光地への行き方を尋ねられ、内心ドキドキしながら対応した。

「ねえ、瑠衣って前からそんなに英語上手だったっけ？」

早番を終えて更衣室で着替えていると、同じシフトだった梓がきっちり結んでいた髪をほどきながら聞いてきた。

「今日もスカイツリーへの行き方とか、チケット売り場の場所まで案内してたでしょ？」

「まだ単語とボディランゲージに頼ってるけどね。時間がある時に大和さんに教えてもらってるの。でも実践で慣れるのが一番かなって思って、積極的に話してみてる」

「確かにこの時期、外国人のお客様多いもんね。私も英語勉強し直そう」

こうして切磋琢磨《せっさたくま》できる同期がいるのはありがたい。瑠衣は梓を頼もしく感じ、笑って頷いた。

「そういえば、元カノ問題も解決してよかったね。あ、元カノでもなかったんだっけ」

「うん、ありがとう」

三人で話した翌日、『ニューイヤーズパーティーは家族で過ごす予定なの』と語る彼女はホテルをチェックアウトし、アメリカへ帰国していった。

両親や友人に日本土産を買いたいと言う彼女にいくつかおすすめの店を紹介すると、『あなたも仕事バカなのね』と笑われたが、そのあとに『もしまた日本に来る機会があれば、ここを使わせてもらうわ』と言ってもらえたので、褒め言葉として受け止めている。

なんにせよ、梓の言う通り、問題はすべて解決した。

彼女は実際にフロントで瑠衣と沙良が対峙しているのを見ていたので、余計に気にしてくれていたようだ。

「ごめんね、心配かけたのにメールだけの報告で」

「仕方ないよ、最近シフト被らなかったもんね。この繁忙期が終わったら、久しぶりにご飯でもいこうね。そこで、新婚生活の色々聞かせてもらうから」

隣でダウンを羽織り、瑠衣に向けてニヤリと笑う。

「な、なによ、色々って」

「色々は色々だよ。いいなぁ。私も結婚とは言わないから、恋愛してみたいなぁ」

「梓は美人なんだから、その気になればよりどりみどりでしょ」

「そんなことないけど、そもそも好きな人ってどうやってつくるのってところからだからさ」

「……先は長そうだね」

「それも込みで、色々話そうね」

互いに笑い合いながらホテルの職員通用口を出て、駅のホームで反対方面の梓と別れた。

帰宅すると、時刻はまもなく午後六時。休日を家でゆっくり過ごしていた大和が出迎えてくれた。

「おかえり、瑠衣」

「ただいまです」

「寒かっただろ。風呂沸いてるから、先に入っておいで」

「ありがとうございます」

お言葉に甘えて風呂でしっかり温まり、立ち仕事でむくみがちな脚を念入りにマッサージする。これをするのとしないのでは、翌日パンプスを履く時のキツさが断然違う。

髪を乾かし終えてリビングに入ると、豚肉の焼ける匂いと、食欲をそそる醤油《しょうゆ》の焦げた香ばしい香りが漂ってくる。

瑠衣が来たのに気付いたらしく、キッチンから大和が顔を覗かせた。

「もうできるから」

「すごくいい匂いがします。生姜焼き？」

「お、正解」

「手伝いますね」

「大丈夫、座ってて」

大和はキッチンへ入ろうとする瑠衣を止め、チュッと音を立てて頬にキスをする。

甘い仕草に盛大に照れながらも、大人しく任せて待つことにした。

程なくしてメインの生姜焼きにキャベツの千切りとプチトマトが添えられた皿と、わかめときゅうりの酢の物の小鉢、ご飯と味噌汁という、定食の見本のようなメニューが並べられた。

「わぁ、美味しそう」

「瑠衣の料理には到底敵わないけど」

「そんなことないですよ」

以前はあまり自炊をしなかった大和だが、結婚して以来、休日には瑠衣に教わりながら料理をするようになった。

今では簡単な料理ならひとりでも作れるほど上達している。

(本当になんでもできちゃうんだから。でも、相変わらずキッチンはすごいことになってる)

瑠衣はキッチンのシンクや調理台を見てクスッと笑った。

そこには料理に使用したまな板や包丁、ボウルやバットなどが散らかり放題のまま放置されている。

整理整頓が苦手だというのはここでも同じようで、どうにも作業しながら片付けていくというのができないらしい。

弁護士として多方面から物事を考え、複数のタスクを同時進行しているであろう大和なのに不思議だ。

瑠衣はそんな完璧に見える彼の弱点を可愛らしく感じる。

キッチンに向けられた視線に気付いたのか、大和がバツが悪そうに苦笑した。

「あー、ちゃんと食後に片付ける」

「ふふっ、あとでふたりで洗い物しましょうね」

一緒に手を合わせて、大和の作った料理を美味しいと言いながら食べる。粗みじんにした生姜が効いていて、どんどんご飯が進んだ。

食後は約束通りふたりで食器を洗いながら、今日の出来事を話した。

瑠衣が頑張って英語を使って観光地への道順を説明したのだと話すと、大和は楽しそうに聞き、「頑張ったな」と頭を撫でて褒めてくれる。

（あぁ、幸せだな）

洗い終わった食器を拭きながら、何気ない日常の幸福を噛みしめる。

瑠衣はこの家の家具を買いに行った時のことを思い出した。

まだ入籍前の夏の暑い日、結婚する実感が湧かないながらも想像していた幸せな新婚生活が、今まさに実現している。

きっとこうした毎日を繰り返しながら、少しずつ家族になっていくのだ。

「こういうの、すごく憧れてた」

自分の心の声が漏れ出たような小さく呟く声に驚き、隣でシンクを磨いていた大和を見上げると、蕩けるような眼差しでこちらを見つめている。

「ふたりで食事して、一緒に片付けをして。何気ない日常だけど、この積み重ねが夫婦の形をつくっていくんだって感じる」

「私も、同じことを考えてました」

嬉しくなって微笑みを返すと、大和は瑠衣が持っていた食器を棚に戻し、真剣な表情で両手をそっと包み込んだ。

「ありがとう、瑠衣。俺と結婚してくれて」

大和の右手の親指が、結婚指輪をつっと撫でる。

思いがけない言葉に、嬉しさで瞳が潤んでいく。

「大和さん」

購入時〝運命の出会いを果たしたふたり〟というコンセプトを聞き、自分にはもったいないと感じた指輪。

いつかこの永遠を誓う指輪に相応しい夫婦になりたいと、ずっと願っていた。

ぴったりと並んだダイヤモンドのように、ずっと彼の隣にいたい。

「私、大和さんと結婚できて幸せです」

恋をしないまま結婚を決めた時は、こんなにも幸せな毎日が訪れるなんて思ってもみなかった。

彼の妻として胸を張ってそばにいられるのが嬉しくて仕方ない。

満面の笑みで言葉にすると、左手を恭しく持ち上げられ、心臓に最も近い指にはまる誓いの証に唇が触れる。

まるで絵本の中の王子様のような仕草が様になり、瑠衣の胸は無条件にときめく。

「瑠衣、愛してる」

「はい。私も、愛してます」

大和に包まれていた手を彼の首に回し、初めて自分から唇を重ねた。

冬なのに乾燥知らずの彼の唇は温かく、触れ合わせた途端、そこから幸せが溶け出していく。

大和は突然の瑠衣からの口づけに驚いたのか一瞬身体を揺らしたが、すぐに抱きとめて好きなようにさせてくれた。

こんな風に触れたくて仕方がないと思うのは初めてで、どうしたらいいのかわからない。

けれど、いつも肌を重ねる時、大和が瑠衣から欲しがらせようとしているのは明白で、それに従うととても嬉しそうに相好を崩すのを知っている。

言葉にせずとも欲しいのだと感じてもらえるよう、瑠衣は必死に背伸びをして唇を寄せた。

啄むようなキスを繰り返し、次に彼の薄い下唇をはむっと甘噛みする。

普段主導権を握られているキスを自分からするのは思いの外はずかしく、次にどうするべきか必死に大和のキスを思い出そうと記憶を辿る。

器用で官能的な舌で翻弄し、口の中にも気持ちよくなるポイントがあると教えてくれる大和のキスを真似するなんて、とてもできそうにない。

舌を相手の腔内に含ませるのもままならず、そのまま唇の輪郭をなぞるように舌を這わせると、腰を抱く大和の腕に力が籠り、踵《かかと》が浮いた。

「んんっ」

息苦しさに首に回していた手を肩に添え、そっと押して彼と距離を取ると、片目を細めて探るように顔を覗き込まれた。

「いつの間にこんな誘うようなキスを覚えた?」

「え?」

「そんな可愛くねだるみたいなキスされたら、理性なんて利かなくなる」

彼の巧みな口戯には程遠いキスによって十二分に煽られた大和は、そのまま瑠衣を抱きかかえると、大股で寝室へと向かう。

そして、夫婦の大きなベッドに横たえると、瑠衣に覆いかぶさりながら前髪を掻き上げた。

「いつだって優しくしたいと思うのに、瑠衣を前にすると余裕がなくなる」

「余裕なんていらないです。ベッドで余裕でいられたら、気持ちいいのは私だけなのかなって寂しくなります」

「……瑠衣。煽ってるって自覚、ある？」

瞬間、大和の瞳に滾るような情欲の炎が宿る。

（この目が好き。優しい大和さんも好きだけど、私だって求められたい）

「大和さんも、私を欲しがって」

「瑠衣。君って子は……」

その夜、瑠衣が眠れたのは窓の外が白んでくる明け方近くだった。

エピローグ

北海道《ほっかいどう》、沖縄《おきなわ》、京都《きょうと》、金沢《かなざわ》。

他にも観光地として人気の高い都市の名前がいくつか挙げられた。

「どこがいい？　軽井沢《かるいざわ》や日光《にっこう》にある老舗ホテルのもてなしを体験するのもいいし、石垣島《いしがきじま》へダイビングやパラセーリングをしにいくのも楽しそうだ」

大きなソファにふたりでくっついて座り、大和がピックアップしたホテルや観光地の情報をタブレットで見せてくれる。

結婚一周年を迎えた今月、本来なら当日を含めた数日の休みを取りたいところだが、生憎世間が夏休みの八月はホテルの繁忙期。とても『旅行したいから休みます』とは言えない。

それならば来月あたりにまとめて休みをもらい、ひと月遅れで結婚記念日を祝おうと大和が提案してくれたのは昨日の話。

たった一日でこれだけ瑠衣の好みに沿ったプランをいくつも考えてくれたのだと思うと、彼に対する愛おしさが増すのと同時に、少しだけ申し訳なくなる。

「あの、大和さん」

「ん？」

「実は、話したいことがあって」

互いの肩に触れるほど身を寄せていたのを、姿勢を正してしっかりと視線を合わせた。

すると瑠衣の様子に首をかしげながらも、大和は目で続きを話すように促す。

「ごめんなさい。こんなに調べてもらったのに、行けないかもしれません」

「行けない？　どうして？　休みが取れそうにない？」

「そうじゃなくて」

瑠衣は隣で怪訝《けげん》な表情をしている彼の手を取り、そっと自分のお腹へ添えた。

「もしかしたら、ここに、いるかもしれないんです。私たちの赤ちゃんが」

ドキドキして、伝える声が震える。

大和が驚きに目を見開いたが、瑠衣自身もまだ信じられない気持ちでいっぱいだった。

すべての誤解や勘違いが解けた年末、ピルの服用をやめようとした瑠衣に、大和が続けて飲むのはどうかと提案した。

必死に英語を勉強し、ホテルマンとして頑張っている瑠衣を尊重してくれたのと、思っていた以上にPMSが改善されて快適だと話したのを覚えていたのだろう。

『次の結婚記念日までは、ふたりだけの新婚生活を楽しむのはどうかな』

優しい思いやりが嬉しくて、彼の提案に頷いた。

父を心配させてはいけないと、正月にふたりで瑠衣の実家に挨拶に行った際、子供はもう少し先にしようと考えていると話したが、あっさりと受け入れられ拍子抜けし、いかに自分が英利の言葉を重く考えていたのかと苦笑した。

〝懐妊契約婚〟などと思っていたのは、瑠衣だけだったのだ。

そして先月、ついにピルの服用をやめた。

妊娠を希望してやめるならシートを飲み切るタイミングがいいと主治医の先生から助言をもらった時にちょうど残り二錠だったため、結婚記念日よりひと月ほど早くはあったが中止の決断をしたのだ。

飲むのをやめて一ヶ月半。妊娠初期症状としてよく聞く体調不良を感じ、半信半疑で検査薬で調べてみたところ、小窓にくっきりと二本の線が浮かび上がったのを確認したのが今日。彼が帰宅する三十分前のことだ。

大和を愛する気持ちが日々高まり、そろそろ彼との子供が欲しいと思い始めたタイミングでの妊娠の可能性に、身体中に喜びが走った。

「本当に？　病院へは？」

「まだ検査薬で試しただけなんですけど……えっと、喜んでくれますか？」

「もちろんだ！　ごめん、まさか薬をやめてこんなに早く子供ができるとは思っていなくて驚いた。でも嬉しい。本当に嬉しいよ」

「よかった」

ホッとして胸を押さえると、大和は瑠衣の頬に垂れた髪を耳にかけ、顔色を確認するように覗き込んだ。

「体調は？　早めに病院に行こう。いつもの病院がいい？」

「いえ。通っていた病院の女性の院長先生が引退されて、息子さんが院長になったんです。できれば女性の先生に診てもらいたくて、これから探そうと」

産婦人科の診察台に乗るのは何度経験しても慣れず、相手は医師だとわかってはいても、できれば少しでもリラックスできるよう女医を希望している。

そう伝えると、大和は何度も頷きながら「俺もその方が安心だ」と言って、旅行先を選んでいた手元のタブレットで女医のいる評判のいい産婦人科を検索し始める。

「せっかく旅行プランをたくさん考えてくれたのに、すみません。調べてみたら、妊娠初期に旅行するのはリスクがあるみたいで」

「なに言ってるんだ。旅行へはいつだって行ける。結婚一周年の記念の月に、こうして思いがけないプレゼントがやってきたんだ。瑠衣やお腹の子の方が大切だよ」

肩を抱き寄せ、はにかむように微笑んだ大和を見て、彼が心の底から喜んでくれているのだと感じ、胸が詰まる。

温かい家庭に縁がなかったと話していた大和に、自分が家族をつくってあげられる。

鼻の奥がツンと痛み、目頭が熱くなった。

「……瑠衣？」

「ありがとう、大和さん。この子のこと、喜んでくれて」

妊娠がわかった時、瑠衣の脳裏には跡継ぎのことなど欠片《かけら》も浮かんでこなかった。

ただ愛する大和との子供が自分の胎内に宿ったのが嬉しくて、震えるほど感動した。

今この瞬間、きっと大和も同じ気持ちでいてくれるのだと、彼の表情からわかる。

じわりと瞳が潤みだすのも構わず、思いを伝えようと目を逸らさずに見つめた。

「一緒に、この子のパパとママになりましょう。みんなで、あなたが理想とする家族をつくりましょうね」

瑠衣の片目から、ぽろりと一粒の涙が零れる。

構わずに微笑みを向けると、ギュッと抱きしめられた。

「ありがとう、瑠衣」

彼は瑠衣の肩口に顔を埋め、ひと言呟いたまま動かない。

ほんのわずかに大和の肩が震えているのに気付き、瑠衣は包み込むように彼の背中に腕を回し、指先で彼の頭を撫でた。

短く整えられた黒髪を梳くように繰り返し何度も撫でては、互いの感動を分かち合う。

この瞬間、自分たちは夫婦であり、家族であり、新たに愛しい命の親となる。

(大和さんと結婚して、本当によかった)

彼を抱きしめたまま目を伏せる。

幸福感に満ち足りた空間に、このまま抱き合って溶けてしまうのではと思うほど陶酔した。

ふっと抱きしめる腕の力が緩み、顔を上げようとすると、大きな手に目元を覆われた。

「や、大和さん?」

「俺、瑠衣と結婚できて本当によかった」

同じ気持ちでいたのを嬉しく思うけれど、それなら顔が見たい。

そう告げるより早く、しっとりと唇が重ねられた。

愛しさと、感謝と、照れ隠しと。

色んな感情の詰まったキスに抵抗できるはずもなく、そのまま彼に身を任せる。

次第に深く、情熱的になる口づけは、温かく濡れていた大和の胸元や瑠衣の肩口が乾くまで続いたのだった。

Ｆｉｎ.

特別書き下ろし番外編

クボケンの観察日記

十二月二十四日。

今年のクリスマスイブは数年ぶりの土曜日とあって、街はどこもかしこも聖夜を楽しむ人々で溢れかえっている。

（チキン、ケーキ、『秘密警備隊フラッシュライター』のレアフィギュア。あ、昨日トイレの電気切れたからＬＥＤの電球。なにより可愛い彼女……！　お願い、サンタさん！）

久保は執務室から窓の外を見上げ、普段は信じてもいないサンタクロースに欲しい物を羅列する。

今にも雪が降ってきそうな、どんよりとした厚い雲に覆われた空。多くの人がホワイトクリスマスを期待しているが、残念ながら久保にはそれに同調する余裕はない。

「久保、次はこっちの資料を頼む。さっきのは確認できたから、あのまま作って出力しておいて」

「はいよろこんでー」

居酒屋のバイト店員のような声を出す久保に対し、大和がデスクから呆れた顔を向けてきた。

（そんな顔してもイケメン、と。あーあ、本当に羨ましいです。先生の顔面があったら、きっとクリスマスに寂しく仕事なんてこともなかったはずなのに。やっぱりサンタさんにはイケてる顔面を頼もうかなぁ）

心の中でもペラペラと話す久保は、如月法律事務所でパラリーガルとして働き始めて六年目。日々忙しく、楽しい毎日を送っている。

パラリーガルとは弁護士の下で法律に関する事務を行い、彼らの業務のアシスタントをする仕事だ。

一般企業の事務や秘書と違い、専門知識を要する職種で、医者にとっての看護師のようなもの。

久保は高校生の頃に見た弁護士が主人公のドラマでパラリーガルという職業を知り、興味を抱いた。

弁護士を演じていた俳優よりも、パラリーガルを演じていた男性アイドルがイケメンだったという奇天烈《きてれつ》な理由だが、不思議と天職だと感じている。

法学部を卒業後、如月法律事務所に就職。

二年ほど色んな弁護士について各分野を学び、如月所長の秘蔵っ子と入所当時から騒がれていたらしい大和が留学先のアメリカから帰国して以降、彼専属のパラリーガルとしてつくことになった。

当初はクールでとっつきにくい弁護士に当たったものだと思っていたが、優秀なのは事実で、仕事の指示も的確。

久保の底抜けの明るさに、面倒くさそうに顔を顰めてみせるものの、本気で苦言を呈されたり、配置換えを希望されたりもしなかった。

ひとつの案件が終われば「お疲れ。飯でも行くか」と気遣ってくれる大和は、上司としても男としても手本になるようないい男だ。

所長お墨付きの優秀さで、さらにあれだけのルックスの持ち主となれば、女性が騒ぐのも無理はない。

所内の女性たちの多くが彼を狙っていたが、どんなに美人や可愛い子がアタックしようと、あの冷静沈着な仮面は崩れない。

もしや大和は女性に興味がないのではと思っている所員も少なからずいたくらいだ。

(それが、まさか所長の娘さんにぞっこんだなんて……)

彼は今年の夏、所長の娘である瑠衣と結婚した。

久保は書類を受け取りながら、今日も隙なくイケメンな上司を見上げ、くふふとほくそ笑んだ。

「……なんだよ、気持ち悪い笑い方して」

眉を顰める大和のデスクの両サイドには、法律書や資料のファイルでできた山がいくつも連なっており、今にも雪崩《なだれ》を起こしそうなところを絶妙な均衡で保っている。いつも冷静沈着、どんな依頼も完璧にこなす国際弁護士の彼は、どうやら整理整頓が得意ではないらしい。

しかし、いつも積み上がった山の中から迷いなく書類や資料を差し出してくるあたり、なにがどこにあるのかは把握しているようだ。

以前「よかったらお片付けしましょうか?」とやたら口元に手を置き、上目遣いで話す新人の女性秘書に提案された時も、「必要ない」とバッサリ切って捨てていた。

(大学のミスコンで優勝したくらい可愛い子だったのに。さすがとしか言いようがないです、先生)

久保が大和について三年。

その間、彼が事務所内外問わず告白された数は、久保が知っている限りでも両手では足りない。

どれだけ素敵な女性が相手だろうと、彼の答えは一貫して「好きな子がいるから」とブレず、それでも彼に恋人ができる様子がないため、アタックしては玉砕する女子が後を絶たなかった。

専属でついている久保のところには、なんとか大和のプライベートを知りたくて話しかけてくる女性が数多くいる。

それどころか、専属パラリーガルの立ち位置を取って代わろうと、わざと久保の足を引っ張ってくるような強かな者まで現れる始末だ。

わんこ系の顔と底抜けに明るいキャラクターで親しみやすく見られる久保だが、仕事の邪魔をされて黙っているわけにはいかない。

イタズラが過ぎる相手はこっそり、けれどしっかり返り討ちにしつつ、事を荒立てずにうまく対処してきた。

「いいえー。ようやく先生のご機嫌が直ってよかったなーと思いまして」

茶化すように言うと、呆れ顔だった大和の目が冷ややかになる。

しかし久保はそんな上司の視線もお構いなしにニヤニヤと笑い続け、少し前の出来事に思いを馳《は》せた。

それは今から約三週間ほど前。大和の機嫌はこれまで見たこともないほど最悪だった。

普段からにこやかではないにしろ、常に冷静で感情を表に出さない大和が不機嫌さを隠さずにいるのに対し、事務所内に少なからず緊張が走った。

彼の姿を見かければ遠巻きにキャーキャー騒ぐ女性パラリーガルや秘書たちも、その日ばかりは視線を逸らし、近寄らないようにしていたくらいだ。

気安く接しても許される程度には信頼関係を築いてきた自負がある久保ですら、さすがに「どうしたんですか？　機嫌悪くないですかー？」などと軽口をたたける雰囲気ではなかった。

とはいえ、不機嫌の原因は本人に聞かずともなんとなくわかっていた。彼が溺愛する妻のことに違いない。

久保は興味本位で何度かふたりの待ち合わせ場所に押しかけ、大和と瑠衣のやり取りを見ているが、所内で言われている政略結婚なんて所詮噂なのだと思わざるを得ないほど、彼は可愛らしい妻に夢中な様子だった。

普段見ている大和とは別人のように甘く蕩けるような視線を向け、人目も憚らず彼女の白い頬に手を伸ばす。

久保との握手すら許せないといった態度はまさに独占欲の塊で、親しく話そうものなら威嚇《いかく》するように睨まれる。

夫の言動に照れる様子の瑠衣が可愛くて仕方ないと全身で表す大和を見れば、普段の弁護士としての彼しか知らない所内の人間は目を丸くして驚くだろう。

大和の機嫌が急降下するきっかけとなったのは、数日前、アメリカの大手法律事務所の弁護士を名乗る井口沙良が訪ねてきたことに始まる。

元カノだろうかと所内はにわかにざわついたが、大和いわく単なる留学時代の同僚らしい。

しかし沙良がそう思っていないのは、彼女の態度や口調から明らかだった。沙良が発端で、大事な妻と仲違いをしたに違いない。

『高城先生はうちの所長の娘さんとご結婚されて、いずれこの事務所を継ぐ方なんですから。引き抜きは困りますよ！』

良かれと思って口を挟んだが、所長の娘と結婚と聞き、沙良の表情が険しくなったのを久保は見逃さなかった。

余計なことを言ってしまったと自覚がある手前、大和が帰ってしまったあともフォローに徹したが、それもまた火に油を注ぐ結果になったのは申し訳ないと思っている。きっと色々と修羅場があったのだろう。

(けど一週間も経たないくらいに、めちゃくちゃご機嫌で出社してきたんですよねー)

触れたら切れてしまいそうなほどピンと張りつめ、冷たい空気が漂っていた執務室が一転、薔薇《ばら》でも背負って歩いているのかと思うほど幸せオーラを纏った大和が姿を見せ、再び所内がざわめいたのだった。

「せっかく奥様と仲直りしたのに、クリスマスに僕と過ごしてていいんですか?」

時刻は午後五時過ぎ。フレックス勤務の大和は瑠衣のシフトに合わせ、この時間に退勤することが多い。

「あんなに可愛い奥様ほっといて、ケンカして事務所の気温を氷点下にするのやめてくださいね」

受け取った書類を確認しながら軽口をたたくと、大和にじろりと睨まれる。

しかし、以前自分の態度が所内の空気を悪くしていたのにも気付いているのだろう。反論をのみ込み、口を真一文字に引き結んだ。

現在手がけているIT企業のM&Aがクロージング間近で、最終的な詳細条件の確認と契約書の作成のため多少立て込んでいる。

(ここの社長と話す時、なんだかいつもの先生と違う雰囲気を感じるんですけど……気のせいですかね。これだけいい条件の譲渡なんて、きっと過去にも例はないはずで

す）

アメリカの大手製薬会社との交渉に成功し、日本でもほぼ無名の小さなＩＴベンチャー企業を破格の値段で譲渡する契約を取りつけた。

リモートで済むはずの面談も現地まで足を運び、いかに優良企業かをプレゼンし、相手が欲しているＡＩによる新薬開発への参入を後押しできるかを説いた。

誰もが無謀すぎて思いつかなかった企業相手に、大和はこれ以上ない成果を上げたのだ。

久保は大和を弁護士として尊敬しているし、クリスマスイブに休日出勤をしているのは致し方ない。

しかし、仕事が終われば愛しの妻が待っている彼とは違い、久保はひとり寂しい部屋に帰るのだ。

（皮肉のひとつくらい許してくださいね）

心の中で舌を出していると、大和がぼそりと呟いた。

「……瑠衣がクリスマスだろうと仕事優先なんだ。ほっとかれているのは俺の方だろ」

目の前の大和の様子に絶句する。

（せ、先生が拗ねてます－！）

またしても大和のプライベートな顔を見てしまい、久保はしばし目を瞠ったあと、こみ上げてくる笑いをなんとか抑える。

（これもみんなに話さないとですね。先生に憧れてた女性陣の多くが、妻にメロメロな高城弁護士を見守る会を発足して入会してるなんて、本人は知らないでしょうけど）

不定期におしゃれなレストランで開催されるその会に赴いては、大和がいかに妻に心を奪われているのかを面白可笑しく話し、ちゃっかり女性陣に囲まれて美味しい食事にありついている久保である。

「ホテルはかき入れ時ですもんね。あれですか？　奥様もフロントでサンタの帽子とかかぶってるんですか？」

宿泊したことはないが、彼女がいた頃に一度だけクリスマスにアナスタシアの高層階のレストランへディナーを食べに行った。

その時、確かフロントスタッフやドアマンは皆、サンタ帽やトナカイの角のカチューシャをつけていた気がする。

歴史ある高級ホテルなのに遊び心があるものだと、ほんの少しだけ親近感が湧き、ラグジュアリーな雰囲気に緊張していた気持ちがほぐれたのを覚えている。

なんの気なしにそんな話を振ると、大和の眉間にぎゅっと皺が寄る。

「……サンタの帽子？」

地を這うような低い声で尋ねられ、大和の心情を理解した久保は、ついに笑いを堪えきれなくなった。

「あははは！　先生、そんなに怒らないでくださいよ。なんですか、奥様の可愛いサンタ帽姿を他の人間に見せたくないとか言っちゃいますか？」

「当然だろ。今日と明日でどれだけの人間があのホテルのフロントに来ると思ってるんだ。無防備に可愛い格好を晒して、変な男に目をつけられたらどうする」

笑い事じゃないと顔を顰める過保護な大和の言葉に納得する部分もあった。

（確かにあの奥様、童顔で可愛らしいし、サンタ帽なんかかぶってたら「萌《もえ》～！」とか言い出すお客さんもいそうですね。あ、でもあのホテルの客層なら、さすがにそれはないでしょうか）

「……少し早いが、駅じゃなくホテルの通用口まで迎えに行くか。いや、いっそフロントに顔を出すか」

からかう口調の久保に対し、大和はブツブツ言いながら、どこまでも真剣に瑠衣の身を案じている。それが余計に可笑しくてケラケラと笑い声を上げた。

「さすが、所長も呆れるほどの溺愛っぷりですね」

「所長？」

「先日、パラリーガルの勉強会に所長がいらして、『長年うちの娘に手をこまねいていた高城くんにお膳立てしてみたら、あっという間に攫《さら》われた』って嘆いてらっしゃいました」

「……どこでなにを話してるんだ、あの人は」

以前はあまり話題に上らなかったが、大和と結婚したことで、所長の娘への溺愛ぶりが露見した。

彼のデスクには妻と娘の瑠衣と三人で撮った家族写真が飾られている。

（敏腕弁護士ふたりから溺愛される奥様か。そりゃあ、そこらへんの女性じゃ敵いっこないですよね）

いまだに政略結婚だという噂を信じ、大和を諦めきれない女性もいなくはない。

しかしこの大和の姿を見れば、彼がどれだけ妻の瑠衣を愛し大切に思っているのか、一目瞭然《いちもくりょうぜん》だ。

（冷静な高城先生が、実は職場でのサンタ帽姿すら人目に晒したくないと思うほど奥様に惚れ込んでるんだって、これからもどんどん話していかなくちゃですね）

それによって事務所内の風紀が乱れることなく、久保が大和目当ての女性パラリーガルから目の敵にされる被害もなくなったのだ。

「ほら、もう上がるぞ。休日に来てくれて助かった。ありがとう」

「いいえ。じゃあ僕も一緒にアナスタシアのフロントまでご一緒します。奥様のサンタ帽姿を拝みに」

「バカなこと言ってないで早く帰れ」

（くふふ、イケメン弁護士はツンデレです、っと）

これからも大和を観察し、瑠衣とのラブラブっぷりを大いに話して拡散していこうと、久保は心の日記に書き込みながらほくそ笑むのだった。

パパがカッコいい理由

桜舞う四月。入籍して二度目の春に、瑠衣は女の子を出産した。

春生まれにちなみ、菜乃花《なのか》と名付けられた彼女は今年で三歳。

彼女が一歳になったのをきっかけに職場復帰した瑠衣は、保育園に菜乃花を預け、今もアナスタシアのフロントで働いている。

さすがに夜勤は対応できないため、ほとんど早番シフトや中番の時短勤務になっているが、働く女性に対しての理解や制度が整っているため、無理なく好きな仕事を続けられていた。

それは瑠衣の産休中、海外のホテルで研鑽《けんさん》を積んでいた社長の息子が帰国したのも大きい。

彼は副社長に就任すると、社内規定などの抜本的な見直しを図った。

元々働きやすい職場だったアナスタシアが、さらに福利厚生や社内環境を整えることとでスタッフの士気を上げ、結果ホテルの客に対しても上質なサービスを提供できる好循環が生まれている。

とんでもなく優秀で、その上ルックスも抜群だと噂の副社長だが、瑠衣はいまだにお目にかかったことがない。

数ヶ月ほど前、同期である梓との会話の中で彼の話題になったが、なぜか途端に顔を真っ赤にして「し、知らない！」と首がもげそうなほどブンブンと横に振っていた。

なにかあったのは明らかで、詳しく聞いてみたいと思いつつ、本人が話す気になるのを待っているところだ。

初恋もまだだと言っていた梓の春めいた予感に、瑠衣は内心ウキウキしていた。

秋晴れの清々しいこの日、保育園では運動会が開催されている。

土曜日とあって仕事を休むのは心苦しかったが、同じフロント課のみんなが快く送り出してくれた。

梓などは菜乃花が生まれてから何度も顔を見に来てくれたせいか、『運動会での可愛い写真と動画、楽しみにしてるから！』と、まるで親戚のように運動会での活躍を楽しみにしている。

午前中はかけっこや創作ダンスなどが披露され、娘の勇姿をカメラにおさめようと必死に構えたが、幼い我が子が一生懸命に走ったり、頑張って覚えたダンスを踊ったりしているのを見ては成長に涙し、ものの見事にブレブレの写真ばかりになってしまった。

午後の部ではなんとかいい写真を残したいと意気込んでいる。

「お、次かな」

大和が呟いたのを聞き、瑠衣は彼の手元のプログラムを覗き込んだ。

次は親子競技。ちょうど運営テントから、参加する保護者へ招集のアナウンスが流れた。

三歳児クラスの親子競技は、広げた新聞紙の両端を親子ふたりでそれぞれ持ち、その上に乗せたボールを落とさないように、二十メートルほど先のゴールまで運ぶというもの。

数組ずつ走る形をとってはいるものの、競争というよりは、みんなで仲良く上手に運びましょうというスタンスだ。

「本当に先生、お義父さんが出なくていいんですか？　菜乃花も喜びますよ」

レジャーシートに広げた弁当箱の片付けをする瑠衣を手伝いながら、大和が英利に声を掛けた。

菜乃花の希望で、今日は瑠衣と大和以外に、祖父母である英利と依子も応援に駆けつけている。

英利は菜乃花の生まれた半年後に如月法律事務所の所長職を辞し、翌月から正式に大和が所長に就任した。相談役として事務所に在籍はしているものの、事実上の勇退だ。

その後、心不全や不整脈などの症状が出始め、主治医との相談の結果、昨年バチスタ手術という余分な心筋を除去して縫い直し小さくする手術を受けた。

効果不十分になる恐れもある手術だったが、執刀《しっとう》した主治医の腕のおかげか英利の生命力の強さか、現在病状は安定している。

結婚してからも大和は義父となった英利を〝先生〟と呼び続けていたが、彼の退職を機に呼称を改めた。

慣れないというよりは照れる気持ちが大きいのか、いまだにたどたどしく呼ぶ大和が可愛いと、瑠衣は小さく笑った。

菜乃花はもちろん、こうした行事に家族揃って参加した記憶がないと言っていた大和もとても楽しそうにしていて、瑠衣は朝から頬が緩みっぱなしだ。

四歳児クラスの二人三脚や、毎年父親までも白熱する本気モードの五歳児クラスのリレーに比べ、三歳児クラスの出し物は穏やかな演目で、激しい運動は控えている英利でも参加できる内容だ。

「いいの？　お父さん」

英利に参加しないのかと聞くが、彼は笑って首を横に振った。

「うん、僕はいいよ。せっかくならじいじよりも、パパかママが嬉しいだろう。大和くんか瑠衣が行っておいで」

「私はふたりを今度こそバッチリ撮りますから、大和さんお願いします」

英利に続いて瑠衣がそう言うと、大和は納得したのか大きく頷き、「頑張ってくる」と微笑んだ。

園庭の端にある入場門に向かうと、園児たちはすでに門の付近に整列していて、今は先生から新聞紙を配られている。

瑠衣と大和のふたりは、背の順で一番前の我が子の姿を見ようと、菜乃花のクラスであるゆり組の列の先頭に近付く。

同じように多くの保護者が幼い子供たちの列を囲むようにして見ている中、急にひとりの女の子が大きな声で叫んだ。

「ちがうよ！　きょうちゃんのパパだよ！」

それにつられたように、他の女の子たちも徐々に声が大きくなっていく。

「えー！　りっちゃんのパパだとおもう！」

「ひまりのおとうさんもカッコいいよ」

「ぜったいきょうちゃんのパパ！」

ケンカかな？と心配で耳を傾けて聞いていたが、どうやら誰のパパが一番カッコいいのかを女の子同士で話しているらしい。

男の子たちは話に興味がないのか、もらった新聞紙を丸めて剣のようにして戦いごっこを始めていた。

「ついこの間話し出したと思ったら。女の子はおませだな」

瑠衣の隣に立つ大和も彼女たちの話の内容に気付いたのか、驚きつつ微笑んでいる。

「ふふっ、ですね。菜乃花もきっとすぐに誰々くんがカッコいいとか、彼氏ができたとか言い出しますよ。お正月の時みたいに『だいすきー』って」

瑠衣の言葉に、大和が顔を顰める。

今年の正月、如月家で開かれた食事会には、勇退したにもかかわらず、いまだに英利を慕うたくさんの弁護士や所員が訪れた。

その中には大和の専属パラリーガルの久保もいて、当時二歳だった菜乃花とよく遊んでくれていた。

大和は「精神年齢が近いんだろ」などと言っていたが、全力で遊んでくれる久保を菜乃花が気に入り、「くぼけん、だいすきー」とはしゃぐ様子に眉を寄せていたのを思い出す。

「……それはまだ聞きたくないし、久保にだけは菜乃花はやらない」

大和の渋い顔を見て、瑠衣は声を上げて笑った。

園児の可愛らしい会話を聞き、瑠衣たち同様にケンカではないと安心した周囲も微笑ましく見守っている。

「だって、パパいっぱいはやくはしれるもん」

「りっちゃんのパパもはしれるよ」

「ひまりのおとうさんはね、おりがみじょうずだよ」

「なのちゃんのパパは？」

背の順ですぐ後ろの女の子が尋ねると、別の女の子が「わたし、なのちゃんパパみたことある！」と声を上げた。

「みのるくんとおなじくらいカッコよかったよ」

「みのるくん？」

「そう、テレビの。ね、なのちゃん」

俳優と同じくらいカッコいいと大和を褒める友達に対し、菜乃花はニコニコと笑って答えた。

「うん。なののパパもカッコいいよ。だってママが、パパのことカッコいいっていつもいってるもん」

今まで微笑んで聞いていた瑠衣だが、菜乃花も会話に参加し出した途端、ギクリと身体が強張《こわば》った。

じわりと体温が上がり出し、隣の大和からも視線を感じる。

身動きがとれないまま、きょろきょろと視線だけを彷徨わせていると、さらに菜乃花は話し続ける。

「おしごとをいっぱいがんばってて、ママとなのをだいじにして、まもってくれるパパはカッコいいねって。だいすきなんだって、いつもいってる」

「へぇー！」

「だから、なのもパパがだいすきだし、カッコいいっておもう。でも、みんなのパパもカッコいいなら、みんないちばんでいいんじゃない？」

「そうだね！　じゃあみんないちばんね！」

「な、菜乃！　そろそろお喋りやめて、静かに並んでいようね」

あまりに居たたまれず、瑠衣はそれ以上会話を続けさせないよう、小さな声で諫《いさ》めた。

「あ、ママ！」

子供同士の他愛ない会話だが、それが自分の家庭の話となると顔から湯気が出そうなほどはずかしい。

これを聞いていたのが身内だけならいざ知らず、同じクラスの保護者が揃ってその場にいるだなんて、穴があったら入りたい気分だった。

「はーい、じゃあみんなのおうちの人を呼ぼうね。カッコいいパパかな？　可愛いママかな？　それとも、優しいじいじやばあばかな？　それでは親子競技に参加される保護者の方は、お子さんの隣にお願いします」

担任の先生の声掛けで、園児たちは周りをキョロキョロして自分の両親を探しだす。

菜乃花も瑠衣の後ろにいた大和に気付き、嬉しそうに笑顔になった。

「あー、パパもいる！　これママとする？　パパと？」

無邪気な菜乃花は、母親が自分の発言によって真っ赤になっているのも気付かずに、先生から配られた新聞紙を掲げて小首をかしげている。

「パパが一緒に頑張ってくれるよ」と言えばいいだけなのに、先程の菜乃花の発言が尾を引き、それすら言葉にできずに狼狽えたままでいると、笑いを堪えきれていない大和が助け舟を出した。

「菜乃花、パパが一緒にするよ。頑張ろうな」

「やったぁ！　なの、がんばる！」

満面の笑みで頷く菜乃花に頷き返しながら、大和は嬉しそうに微笑んだ。

競技が始まっても動揺が収まらなかった瑠衣が撮った写真が、午前中以上にブレブレだったのは言うまでもない。


「寝ましたか？」

「うん、横になってすぐに。よほどはしゃぎ疲れたんだな」

夕食のあと、菜乃花と風呂に入り、そのまま寝かしつけに寝室へ行っていた大和は、リビングに戻ってくると瑠衣が座っていたソファのすぐ隣に腰を下ろした。

「運動会、楽しそうでしたもんね」

「風呂でもずっと話してた。毎日運動会ならいいのにって」

「ふふ、遠足の時も同じこと言ってました」

菜乃花の愛らしさを思い出しながら、頬を緩めた。

結婚して以降、率先して家事をしている大和は、育児も同様に手伝ってくれる。

乳児の頃はおむつ替えや夜泣きの対応もお手の物で、休みの日のお風呂や仕上げ歯磨きはパパの役割だ。

事務所の所長に就任し、英利が相談役としてついているとはいえ慣れない業務に大変なはずなのに、大和は愚痴や弱音も吐かずに仕事と家事育児を両立している。

彼は「ふたりの子供だし、瑠衣も働いてるんだから当然だろ」と言うが、それを〝当然〟と言える大和に尊敬の念を抱くと同時に、愛情が日に日に増していくのがわかる。

白いTシャツに緩いパンツというラフな部屋着姿の大和は男盛りの活力と色気に満ちていて、どれだけ一緒にいても慣れることなくドキドキさせられた。

(毎日、好きっていう気持ちが更新されていく。カッコよすぎる旦那様を持つと大変……)

普段は菜乃花の父親と母親という立場だが、彼女が眠ったあとは夫婦の時間。

(さすがに菜乃花相手に「パパがカッコよすぎて困る」なんて話してないけど。これからは迂闊《うかつ》なことは言わないようにしないと)

母から女に切り替わる瞬間が、今日はなんとなく気はずかしい。

それは間違いなく今日の運動会での菜乃花の発言が理由だが、瑠衣はそれ以上考えないようにして大和に笑みを向けた。

「今日もお疲れ様でした。なにか飲みますか？」

そう言って浮かせかけた腰を掴まれ、ぐっと引き寄せられる。

「や、大和さん？」

大和の膝の上に乗る格好になり、慌てて腰に絡まる腕をほどいて下りようとするが叶わない。

以前もこんなことがあったと頭の片隅で思い返していると、耳元で囁くように名前を呼ばれた。

「瑠衣。普段、菜乃花に俺のこと大好きだって話してるの？」

「んっ……」

吐息交じりの低い声音は、瑠衣の耳だけでなく、首筋から背中まで甘い痺れが走るほど情欲に濡れていて、問われた意味を理解しないまま身体が跳ねた。

「仕事を頑張ってて、自分と菜乃花のことを守ってくれて、カッコよくて大好きだって、そう菜乃花に話してるの？」

裾から大和の大きな手が侵入し、肋骨《ろっこつ》をなぞるようにして上がってくる。

すでに風呂を済ませたパジャマ姿の瑠衣は下着をつけておらず、温かい手はあっという間に素肌の胸元に辿り着いた。

「や、それ……はずかしかったんだから、思い出させないでください……」

イタズラな手に気を取られながら、言われたセリフの意味をようやく脳が理解する。

昼間は受け流してくれたのに、今になって蒸し返すなんてズルい。

あのあと、周りの保護者からのニコニコした生暖かい視線がどれだけはずかしかったか。

擽ったさと快感の狭間で身動ぎしながら振り返り、潤んだ瞳で大和を見上げて睨むと、瑠衣の視線を受け止め、額同士を合わせながら、砂糖を煮つめたような甘い声で囁いた。

「どうして？　嬉しくて、その場でふたりを抱きしめたいくらいだった」

腰を抱く左手に力が込められ、右手は下から柔らかな胸の丸みを愛《め》でている。

好き勝手に動く彼の手を服の上から押さえてみるが、触れられるのを待ちわびているかのようにツンと主張する蕾《つぼみ》をきゅっと摘《つま》まれ、堪えきれずに「んっ」と高い声が漏れた。

「可愛い」

気をよくした大和の手は徐々に大胆になり、右手は胸を責めたまま、左手がウエストから徐々に下がってくる。

拒むことなく無意識に膝が開いていく瑠衣を見て、大和の口角が上がり、喉が鳴った。

「……は、本当に可愛がり甲斐があるな、瑠衣は」

愛しいと思う感情を隠さずに注がれる言葉にすら感じ、身体は熱くなっていく。

大和の上に乗ったままパジャマを脱がされ、あっという間に下着姿になると、今度は向かい合わせになって彼の膝を跨ぐ。

「あの、重いので、下ろして……」

「重くないし、この方が照れてる瑠衣の顔がよく見える」

「う……やっぱり、こういう時の大和さん、すごく意地悪です」

「今さら」

クスッと笑う大和を見上げながら頬を膨らませると、それすら愛しいとばかりにまん丸になった白い頬を指でつつかれる。

その長い指は頬から顎、首筋をゆっくりと撫で滑り、瑠衣の鼓動は否が応でも期待を孕んで高鳴っていく。

彼の指先が首の後ろに回り、ぐっと引き寄せられて唇が重なった。

「んっ」

深く、丁寧に口内を愛撫され、舌を差し出すように催促される。

促されるまま従順に差し出すと、くちゅ、と水音を立てながら舌が絡み合い、濃厚で淫靡《いんび》な夜の始まりの合図となった。

瑠衣は大和の肩にしがみつくようにしていたが、おずおずと腕を伸ばして彼の首へと回す。

「んんっ……」

まるで褒めるように瑠衣の髪を梳いていた大和の手が背中を伝い、腰から丸いヒップを撫で滑り、徐々に敏感な部分へ伸びていく。

彼の腰を跨いで座っているため、無防備なそこが瑞々《みずみず》しく潤んでいるのが隠しきれず、少し動いただけで下着が濡れているのが自分でもわかった。

「や、だめ……」

「どうして？」

「だって……」

「あぁ、もうこんな風にして。瑠衣は本当にいやらしくて可愛い」

笑みを深めた大和は、焦らすことなく瑠衣の待ちわびている中に指を埋め、彼女が欲している以上の快楽を与えていく。

「あっ、あぁ」

「すごいな。もう下着の意味がない。これも脱ごうな」

「や、もう……」

いつもこうして自分だけ何度も気持ちよくさせられてしまうので、一度恥を承知で自分も大和に奉仕がしたいと言ってみたことがある。

しかし「だめ」とあえなく却下されてしまった。

大和いわく、自分がされるよりも、瑠衣が気持ちよくなっている姿を見ている方が昂ぶるのだとか。

そう言われて「でも、したい」と言えるほどテクニックがあるわけではないので、結局は毎回されるがままに感じさせられている。

「いいよ、何度でも。可愛いところ見せて」

「あっ、だめ、あ、あぁ……！」

弱点を責められ、背中が大きくしなる。

後ろに倒れそうになるのを支えた大和に胸を突き出す形になり、その先端を甘噛みされ、さらに喉を反らせて喘ぐしかできない。

今日も何度も絶頂を味わわされてから大和が腰を沈め、さらに深い快感を与えられた。

「ごめん、昼間のあれから舞い上がってる。止められそうにない」

「えっ？　あ、やぁ……！」

その言葉通り、瑠衣がくったりとして意識を飛ばすまで、大和は離してくれなかった。

＊＊＊

（……やってしまった）

腕の中で疲れ果てて眠る瑠衣を抱きしめたまま、大和は心の中で呟く。

今日の瑠衣は朝早くに起きて弁当を五人分作り、ベストショットを撮るために保育園の園庭を走り回って場所取りをしていた。

疲れていたはずなのに、愛しい気持ちが止められずソファで何度も抱いたのは、昼間の菜乃花の発言を聞いたせいだ。

『おしごとをいっぱいがんばってて、ママとなのをだいじにして、まもってくれるパパはカッコいいねって。だいすきなんだって、いつもいってる』

たった三歳の菜乃花が、その言葉の意味をどれだけ理解しているのかはわからない。けれどスラスラと言えるくらいには、瑠衣から聞かされているのだろう。

(俺がいないところで、菜乃花とふたりでそんなこと話してるなんて。可愛すぎるだろう)

一説では、子供の前で母親が父親を褒めたり、逆に父親が母親を褒めたりすることが、子供の心を健やかに育てるらしい。

逆に両親が子供の前でケンカばかりしていると、家庭環境は悪くなり、子供は卑屈な考え方になりやすいそうだ。

大和の両親がまさにケンカばかりの夫婦だったので、身をもって親が子供に与える影響の大きさを体感している。

きっと高校生の頃に英利に出会わなければ、大和は今でも無気力なまま毎日を無駄にしていただろう。

食事に誘われて家にお邪魔するたび、英利は依子の料理を褒め、作ってくれたことに感謝していたし、依子は英利を労いながらいつも優しく微笑んでいた。

食卓では仕事や勉強の話よりも、近くのコンビニに入った新しいアルバイトが面白い人だとか、瑠衣の部活の顧問の先生の話だとか、日常の何気ない話題が主流で、これが普通の家族の会話なのだと知った。

英利や依子、そして瑠衣が、他人である大和に家庭の温かさを惜しみなく与えてくれたおかげで、今の自分があるのだと思っている。

両親が互いに尊敬し合う関係であるのを見せると、子供は自ずと両親を誇りに思い、自分に自信がついていく。

それを意識して実践している家庭もあるだろうが、きっと瑠衣はそうではない。

あの温かな家庭で育った瑠衣だからこそ、なにも考えずともそれができるのだ。

大和の話をする際に無意識に「パパはお仕事頑張ってくれてすごいね」「パパは、ママと菜乃花を大事にして守ってくれてるの。カッコいいよね、大好きだなぁ」と日常的に話している。

（菜乃花がパパをカッコいいと言ってくれるのは、瑠衣が俺を好きでいてくれるからだ）

そのことに思い至ると、もう堪らなかった。

瑠衣に対する〝愛しい〟という言葉だけでは言い表せない感情が溢れ出し、常に冷静な弁護士であるはずの大和が叫び出したくなる。

可愛くて、愛おしくて、どうしていいのかわからないほど瑠衣が好きだ。

それを口では伝えきれずにこうして抱き潰してしまったが、まだ有り余るほどに気持ちが高ぶっている。

腕の中で無防備に眠る瑠衣は、母親とは思えないほどあどけなく、先程まで乱れていた彼女ともまた違う魅力に溢れていた。

くぅくぅと子犬のような寝息を立てる瑠衣を見て癒やされると同時に、もう一度自身の欲望をぶつけるように愛し尽くしたい気にもなる。

大和は自分の愛情の重さに苦笑した。

(際限ないな。毎日一緒にいて満たされているのに、それでもまだ好きで堪らないなんて)

遠い過去を思い返してみても、こんな風に心ごと奪われる人物はいなかった。

なによりも大切にして、一生愛し守り抜きたい相手が、同じように自分を愛してくれるのは奇跡のような確率だと思う。

(この奇跡を手放さないよう、瑠衣に相応しい夫であり、菜乃花にとってカッコいい父親でいたい)

改めて誓うように抱きしめる腕に力を込めると、瑠衣が「んー」と声を上げて首を小さく動かす。

胸にすり寄ってくる仕草が猫のようで愛らしく、大和は頬を緩めてその寝顔を見つめた。

（もし瑠衣が起きたら、もう一度……）

そんな淡い期待をしながらゆっくりと頭を撫でてやると、すぐに再び寝息が聞こえてきた。

「瑠衣？」

試しに名前を呼んでみるが、彼女は夢の中に戻ってしまったようだ。

やはり相当疲れていたのだろう。これ以上自分の欲を満たすために瑠衣の睡眠時間を奪うわけにはいかない。彼女は明日の朝には母親に戻らなくてはならないのだから。

「……寝るか」

大和はため息交じりに独り言《ご》ち、瑠衣を抱き上げて寝室へ向かう。

すると、廊下からぺたぺたと足音が聞こえてきた。

「菜乃花？」

「パパぁ」

「どうした？」

「あのね、おきたらママとパパがベッドにいなくて、さみしくなったの」

普段は菜乃花を挟むようにして、大きなベッドに三人で眠っている。両隣にどちらの姿も見えず、リビングまで探しにきたのだろう。

少し照れくさそうに言う菜乃花は可愛いが、てっきり運動会で疲れてぐっすり朝まで起きないと思っていたので、タイミングが違っていたらとヒヤリとする。

「ママ、だっこしてるの？」

「あ、あぁ。ママも疲れてソファで寝ちゃったんだ」

「パパ、すごいちからもち！　カッコいい！」

「ありがとう」

愛娘からカッコいいと褒められるのはまんざらでもないが、この状況を瑠衣が知れば、柔らかい頬を真っ赤に膨らまして「大和さんのバカ！」と怒るのだろう。

大和は菜乃花を促して寝室へ行き、瑠衣をベッドの奥に寝かせてから、菜乃花と一緒に横になった。

「ママ、ぐっすりだね」

「あぁ。今日は早起きして菜乃花のお弁当を作ってくれたからな」

「そっか。おべんと、かわいくておいしかった」

「そうだな。ママはお弁当作るの上手だな」

「うんっ」

　菜乃花のリクエスト通り、可愛らしいクマの顔のおにぎりやタコさんウインナー、唐揚げにハンバーグなど、色とりどりの弁当を用意するのは大変だっただろう。

　多少手伝いはしたものの、海苔や黒ゴマでクマやタコの顔を作っていく作業はとても真似できなかった。

「ママはすごいな」

　しみじみと言葉にすると、隣で眠そうに目をこすり始めた菜乃花が「くふふっ」と笑う。

「どうした？」

「なのは、ママもパパもどっちもすごいとおもう」

「ん？」

「ふたりとも、おしごとがんばってるし、おべんとじょうずだから」

「うん」

「だから、パパはカッコいいし、ママはかわいい」

菜乃花の幼く拙い言葉でも、大和と瑠衣のことが大好きなのだと、ちゃんと伝わってくる。

〝どちらが〟ではなく〝どちらも〟すごい。

比較せずに、ただ相手を褒められる。

それは瑠衣の美点であり、菜乃花にもきちんと受け継がれている。

『なのもパパがだいすきだし、カッコいいっておもう。でも、みんなのパパもカッコいいなら、みんないちばんでいいんじゃない？』

はずかしさから瑠衣が子供たちの会話を止めてしまったが、大和は菜乃花の発言が誇らしかった。

それは自分が褒められたからではなく、菜乃花が他者を認める素直な心を持って育っているのがわかったから。

「ありがとう。菜乃花も可愛いよ」

小さく柔らかいその身体を抱きしめると、眠いのかホカホカしていた。

「あとね、きょうのかけっこ、きょうちゃんがいちばんで、なのがにばんだった」

「そうだな。悔しかった？」

「うん、ちょっとだけ。でもダンスはまちがえなかったよ」

「あぁ。すごく上手で可愛かった」

徐々にとりとめのない話になっていくのを聞きながら、大和は幸せな気持ちで菜乃花が眠るまで背中をトントンとたたき続けた。

Fin.

あとがき

こんにちは。蓮美ちまです。

『エリート国際弁護士に愛されてますが、身ごもるわけにはいきません』をお手に取っていただき、ありがとうございます。

今作は「懐妊契約婚というテーマはどうですか?」というお話をいただき書いてみたのですが、いわゆる『ヒーローの家柄的に跡継ぎを求められて……』という王道な物語ではなく、ヒロイン側の事情から子づくりすることになったけれど……といったお話にしてみました。

題材的に、これまでの作品よりも少しラブシーンが濃厚になっているのでは?と思うのですが、いかがでしたでしょうか。

国際弁護士という職業も初めてチャレンジしたのですが、これがなかなか難しく、大和のお仕事描写にはかなり苦戦いたしました。やはりハイスペヒーローは仕事ができる描写が欲しいと思うので、毎回そこは拘って書いています。デキる男感が伝わっていれば嬉しいです。

大人の恋愛小説を読んだり書いたりする時に重要視しているのは、お仕事描写はもちろんですが、ヒーローがどのタイミングでヒロインに恋心を抱き、その後どう行動したかという点です。

気持ちを伝えられない事情があるにせよ、やはりヒーローにはヒロインを溺愛していてほしいという願望の持ち主なので、今作もそのあたりは気をつけながら書いたつもりです。少しでも共感し、お楽しみいただけていれば幸いです。

最後になりましたが、今作もたくさん助言をくださった若海様、須藤様、本田様をはじめ、この本の出版に携わってくださった全ての皆様に感謝申し上げます。

また、表紙のイラストを書いてくださったのは浅島ヨシユキ先生。

囲い込むように抱きしめる大和の包容力と、華奢で可愛い雰囲気の瑠衣が最高に素敵です！　ありがとうございます。

そして、この作品をお手に取ってくださった皆様。本当にありがとうございます。

また、次の作品でお会いできますように。

蓮美《はすみ》ちま

蓮美ちま先生への
ファンレターのあて先

〒104-0031
東京都中央区京橋1-3-1
八重洲口大栄ビル7F
スターツ出版株式会社　書籍編集部　気付

蓮美ちま先生

本書へのご意見をお聞かせください

お買い上げいただき、ありがとうございます。
今後の編集の参考にさせていただきますので、
アンケートにお答えいただければ幸いです。

下記URLまたはQRコードから
アンケートページへお入りください。
https://www.berrys-cafe.jp/static/etc/bb

ベリーズ文庫

エリート国際弁護士に愛されてますが、身ごもるわけにはいきません

2023年5月10日　初版第1刷発行

著　　者　蓮美ちま
©Chima Hasumi 2023
発 行 人　菊地修一
デザイン　カバー　ナルティス
フォーマット　hive & co.,ltd.
校　　正　株式会社鷗光
編集協力　本田夏海
編　　集　須藤典子、若海瞳
発 行 所　スターツ出版株式会社
〒104-0031
東京都中央区京橋1-3-1　八重洲口大栄ビル7F
TEL　出版マーケティンググループ　03-6202-0386
（ご注文等に関するお問い合わせ）
URL　https://starts-pub.jp/
印 刷 所　大日本印刷株式会社

Printed in Japan

乱丁・落丁などの不良品はお取替えいたします。
上記出版マーケティンググループまでお問い合わせください。
定価はカバーに記載されています。

ISBN 978-4-8137-1429-3　C0193

ベリーズ文庫 2023年5月発売

『冷血御曹司に痺れるほど甘く抱かれる執愛婚【財閥御曹司シリーズ西園寺家編】』 玉紀直《たまきなお》・著

倒産寸前の企業の社長令嬢・澪は、ある日トラブルに巻き込まれそうになっていたところを、西園寺財閥の御曹司・魁成に助けられる。事情を知った彼は、澪に契約結婚を提案。家族を救うために愛のない結婚を決めた澪だが、強引ながらも甘い魁成の態度に心を乱されていき…。【財閥御曹司シリーズ】第二弾！

ISBN 978-4-8137-1426-2／定価715円（本体650円＋税10%）

『クールな救急医は囲い娶ったかりそめ妻に滾る溺愛を刻む【ドクター兄弟シリーズ】』 佐倉伊織《さくらいおり》・著

車に轢かれそうになっていた子どもを助け大ケガを負った和奏は、偶然その場に居合わせた救急医・皓河に助けられる。退院後、ひょんなことから和奏がストーカー被害に遭っていることを知った皓河は彼女を自宅に連れ帰り、契約結婚を提案してきて…⁉ 佐倉伊織による2カ月連続刊行シリーズ第一弾！

ISBN 978-4-8137-1427-9／定価726円（本体660円＋税10%）

『魅惑な副操縦士の固執求愛に抗えない』 水守恵蓮《みずもりえれん》・著

航空整備士をしている芽唯は仕事一筋で恋から遠ざかっていた。ある日友人に騙されていった合コンでどこかミステリアスなパイロット・愁生と出会い、酔った勢いでホテルへ…！さらに、芽唯の弱みを握った彼は「条件がある。俺の女になれ」と爆弾発言。以降、なぜか構ってくる彼に芽唯は翻弄されていき…。

ISBN 978-4-8137-1428-6／定価748円（本体680円＋税10%）

『エリート国際弁護士に愛されてますが、身ごもるわけにはいきません』 蓮美《はすみ》ちま・著

弁護士事務所を営む父から、エリート国際弁護士・大和との結婚を提案された瑠衣。自分との結婚など彼は断るだろうと思うも、大和は即日プロポーズ！ 交際0日で跡継ぎ目的の結婚が決まり…⁉ 迎えた初夜、大和は愛しいものを扱うように瑠衣を甘く抱き尽くす。彼の予想外の溺愛に身も心も溶かされて…。

ISBN 978-4-8137-1429-3／定価726円（本体660円＋税10%）

『愛が溢れた御曹司は、再会したママと娘を一生かけて幸せにする』 田崎《たさき》くるみ・著

平凡女子の萌は、大企業の御曹司・遼生と結婚を前提に交際中。互いの親に猛反対されるも、認めてもらうため奮闘していた。しかし突然彼から一方的に別れを告げられ、その矢先に妊娠が発覚！ 5年後、萌の前に遼生が現れて…⁉ 実はある理由で引き裂かれていたふたり。彼の底なしの愛に萌は包まれていき…。

ISBN 978-4-8137-1430-9／定価726円（本体660円＋税10%）

ベリーズ文庫 2023年6月発売予定

Now Printing

『【財閥御曹司シリーズ】第三弾』 滝井《たきい》みらん・著

誕生日に彼氏にふられて落ち込んでいた愛音。偶然居合わせた颯人に慰められ、甘い一夜を共にしてしまう。忘れようと思っていたら、姉の代役で出席したお見合いにいたのが勤め先の御曹司だった彼で!? 強引に愛音を婚約者にして同居をスタートさせた颯人。「必ず俺に惚れさせてみせる」と囲い愛でていき…!

ISBN 978-4-8137-1439-2／予価660円（本体600円＋税10%）

Now Printing

『一途な脳外科医は最愛の幼なじみと双子をあきらめない【ドクター兄弟シリーズ】』 佐倉伊織《さくらいおり》・著

新米ナースの初音は、幼なじみでエリート脳外科医の大河と同棲中。しかし、娘と大河を結婚させたい脳外科教授から彼と別れるよう脅される。断れば大河は脳外科医として働けなくなると知り姿を消すも、双子の妊娠が発覚し!? 3年後、再会した彼は初音と子どもたちに惜しみない愛を注ぎはじめて…。

ISBN 978-4-8137-1440-8／予価660円（本体600円＋税10%）

Now Printing

『タイトル未定（御曹司×契約結婚）』 未華空央《みはなそらお》・著

地味OLの里穂子は彼氏にふられて落ち込んでいた。住む場所も失い困っていると、大企業の御曹司・彰人に助けられ、彼の住み込み家政婦として働くことに。そんな中突然、彰人に離婚前提で妻になってほしいと頼まれて…!? 偽りの関係となるはずが、予想外な彼の溺愛に里穂子は身も心も溶かされていき…。

ISBN-978-4-8137-1441-5／予価660円（本体600円＋税10%）

Now Printing

『高潔なエリート外交官と、甘く狂おしい禁断の一夜』 宝月《ほうづき》なごみ・著

社長令嬢・美来は望まない政略結婚が決められていた。ある日、旅行先でトラブルに合っていたところを、エリート外交官・叶多に偶然再会し助けられる。冷酷な許嫁との結婚に絶望する美来の事情を知った叶多は、独占欲が限界突破。「きみは渡さない、誰にも」――熱い眼差しで、一途な愛を注がれて…!?

ISBN 978-4-8137-1442-2／予価660円（本体600円＋税10%）

Now Printing

『タイトル未定（御曹司×お見合い結婚）』 藍里《あいさと》まめ・著

ド真面目女子の成美は、母親がもらってきた見合い話をしぶしぶ承諾することに。写真も見せてもらえず当日を迎えると、相手は大企業の御曹司・朝陽だった。彼とは先日あるアクシデントで接触していた成美。まさかの再会に戸惑っていると、朝陽は「ずっと前から好きだ」と溺愛全開で結婚を迫ってきて…!?

ISBN 978-4-8137-1443-9／予価660円（本体600円＋税10%）

タイトル、価格等は変更になることがございますのでご了承ください。